恋侍

〔中目黒世直し編〕

KOI-ZAMURAI

NAKAMEGURO YONAOSHI-HEN

柴崎竜人

RYUTO SHIBAZAKI

講談社

恋侍
（中目黒世直し編）

CONTENTS

第一試合 対 大崎夏帆戦 5
第二試合 対 加賀美凛子戦 99
感想戦 対 落合正泰戦（凛子の場合） 247
感想戦 対 落合正泰戦（モナコの場合） 270
対談 杉田陽平×柴崎竜人 リアル恋侍、恋愛を語る。 291

装画：ツバキアンナ　装丁：小柳萌加(next door design)

恋侍

〔中目黒世直し編〕

初出：「第一試合　対　大崎夏帆戦」は「東京カレンダー」ＷＥＢにて２０１５年８～10月に連載された「ふたりのニコライ」を大幅に加筆、修正しました。他は書き下ろしです。

第一試合　対　大崎夏帆戦

あなたは東京都目黒区《めぐろ》にある中目黒という街に、足を踏み入れたことがあるだろうか。たとえ訪れたことがなくとも、名前くらいは耳にしたことがあるだろう。僕やあなたのような二十代の男女から、多くの支持を得ている古い繁華街だ。

日比谷《ひびや》線、東横線、という都内主要二線が乗り入れているハブ駅で、しかも恵比寿《えびす》と渋谷《しぶや》に隣接する好立地にある。それにもかかわらず良心的な価格設定の飲み屋が多く、店の雰囲気もバリエーションに富んでいる。

この街はもともと、提灯《ちょうちん》の赤い明かりに中年がふらふら引き寄せられていく光景がそこらじゅうで観察できる牧歌的な繁華街だったらしい。しかし近年の再開発によって景色は一変し、駅周辺には新しいビルが次々と建つようになった。その際に、全身白い防護服で覆われた東京都の衛生員たちが街中の路地という路地を消毒して回り、長年にわたって染みついた加齢臭をすっきりと洗い流したうえで、僕ら向けの清潔でシンプルで美しいのにきちんと温かみのある飲食店が、新ビルのテナントに入った。

あなたが僕と同じようなまともな趣味をもった二十代であるならば、一度はこの街で飲んでみることをお勧めする。それがどのような趣味であれ、あなたのテイストに合う店を見つけることができるだろう。

カジュアルだけど、崩れすぎない。そのバランスが、丁度いい。

それが僕らの中目黒だ。

ここは青山《あおやま》や西麻布《にしあざぶ》というような、日頃からタクシー移動をくりかえす人間しか足を踏み入れることが許されない高級繁華街とは違う。中目黒には若者のための気安さがある。若者のための気軽さがある。若者のための価格設定がある。

ちなみに、下北沢《しもきたざわ》にも同様の条件は揃っている。

でもあの街は、あなたがサブカル領域で自分の専門分野をもっていなければ、下手に近づくと通行人からいきなり唾を吐かれて胸ぐらを摑まれる恐れがある。その場合はあっという間に足首に縄をかけられ、そのまま数人がかりで持ち上げられて街灯の先端から逆さ吊りにされるのは間違いない。下北沢の愛好者たちはこの作業に慣れているため捕縛《ほばく》逆さ吊りは手際よく淡々と行われ、「マスは死んだ」と赤字で殴り書きされた紙に包まれた石を、吊り下げられたあなためがけて通行人が投げつけるのだ。無言で。無言でだぞ。くれぐれも下北沢には気をつけて欲しい。

ふんふんほうほう、では銀座《ぎんざ》は？　とあなたは訊く。

いいだろう、この恋愛示現流《じげんりゅう》免許皆伝の恋侍、落合正泰《おちあいまさやす》が教えてあげよう。

銀座という街はそもそも年収一千万以下の人間の存在を前提として作られていない。正確に言えば、年収一千万以下の人間と、年収一千万以上の人間が知っている銀座という街は、まったく異なる景色をしている。

なぜなら僕やあなたのような人間があの街を歩くと、とたんに僕らが着ている国民服、つまりユニクロのシャツ、あるいはGUのパーカーに隠されていた光学迷彩の機能が音もなく起動して、僕らは銀座でデートを繰り広げている人間の目からは見えない存在となる。つまり三代以上続く資産家のバカ息子や、西麻布で遊び飽きたことをアピールしたいIT起業家、ブランド信仰に生涯を捧げている外資系金融マン、彼らの目には僕らは空気のごとく透明に映り、銀座の街に敷き固められた特殊なアスファルトによって僕らの話し声や物音さえ吸収・無音化されてしまうのだ。なぜなら、年収一千万以下の我々が存在していることで、街の景観が汚されてしまうのを避けるためだ！　クソが！（おっと失礼）　僕らがあの街を歩いて学び得ることはたったひとつだけで、それはいかに自分が惨めで孤独な人間であるかということだけだ。悪いことは言わない、一般的な恋侍はあの煌《きら》びやかな黄金の城を麓《ふもと》から仰ぎ見るだけで満足しておいた方がいい。間違ってもそこでデート、つまり恋愛試合を行うべきじゃない。

もちろん僕がいまあなたに教えているこれらの街の情景は壮大な比喩表現でしかないが、あと十年もテクノロジーが進化してしまえば、あながち起こらないとは言い切れない、いや、まだ顕在化されていないだけの事実だ。

……まぁいい、ずいぶんと話が逸れた。とにかく中目黒だ。

僕が双子と出会ったのは、いまから二時間前、小洒落《じゃれ》た中目黒の小洒落た立ち飲み居酒屋だった。立ち飲み居酒屋がいかに素晴らしい場所かは以前から巨匠に教えてもらっていた。

——繁華街の立ち飲み屋で飲んでる女子は、その容姿にかかわらず気さくで心優しく、好奇心と冒険心が旺盛だ。よくよく覚えておくといい……。

立ち飲み屋は素晴らしい。それが中目黒の立ち飲み屋なら、なお素晴らしいだろう、と僕は祈るような気持ちでこの街にやって来た。

というのも、その少し前に、僕は食事の予定をキャンセルされたばかりだか

らだ。ようやくデートにこぎつけたアパレルショップの販売の子だったが、直前になって、

「ちょっと面倒くさくなっちゃって」

というあまりにも正々堂々とした非の打ち所のない理由によってドタキャンされた。そのまま僕は会社のトイレに引き籠もり、壁に頭をなんどもぶつけてしばらく世界を呪ってから、気を取り直して街に出たのだった。僕には気さくで心優しい話し相手が必要だった。

僕が選んだ立ち飲み屋は、飲食店評価アプリでも高スコアをつけている駅からほど近い路面店だった。店内にはL字型のカウンターテーブルと、四人が囲めるスタンディングテーブルが四台置いてある。

カウンターには一人分のスペース毎にアクリル板が設置され、カウンターの向こう側にあるキッチンとの間にも、同様にアクリル板の仕切りが取り付けられていた。いわば透明な「ラーメン一蘭《いちらん》型」仕切りだ。まだコロナウイルスの感染拡大がニュースで叫ばれるようになった当初は、飲食店の仕切りも透明な

テーブルクロスを利用した簡易的な仕切りが主流だったが、それから一年以上たった頃から、テーブルに物理的に固定されたアクリル板を導入する店が増えてきた。消毒や掃除が楽なのと、ビニール暖簾《のれん》よりも相手の顔がはっきり見えるためだ。

僕が店に入った時間はすでにカウンターは人でいっぱいで、スタンディングテーブルのほうに通された。このテーブルも十字型に組み合わさったアクリル板で仕切られていて、テーブル中央部分だけが大皿を載せられるようにくりぬかれていた。

僕はわざわざ客を挑発するために名付けられたような『ひとりぼっちセット』というドリンクと肴の組み合わせを注文し、マスクをした中年の店員から、「ひとりぼっちセット、こちらのお一人様から頂きましたあっ！」と大声でアナウンスされた。キッチン側からは「よろこんでい」といっせいに返事がある。何て店だ、と思った。これがカウンターでならまだしも、四人用のスタンディングテーブルに一人でついている人間のオーダーで行われるのだから、晒し者以外の何物でもない。だいたいおひとり様がひとりぼっちセットを頼んだことに声を合わせるほど喜んでいるとしたら、それはその独り者をバカにしていることになるんじゃないだろうか、と思った。喜んでんじゃねーよばーか、とも思った。中目黒にもろくでもない店はある。自分としたことが、食べログの点数ばかりを気にしてしまって、その評価者のプロフィールの確認を怠ってしまった。プロフィールによっては、その評価者がサクラであったり、あるいは自称グルメの承認欲求お化けだったかもしれないのに！　店も悪いが、それを選んだ自分も悪い。ここは素直に自分の落ち度を認めてオーダーキャンセルして帰ってしまおうか、と思ったときに、その声が聞こえた。

「あれ、もしかして落合くん？」

二つ向こうのスタンディングテーブルにいた女性だった。僕のものと、彼女のと、二枚のアクリル板を挟んで、僕ら二人は視線を合わせた。僕は声を出す前に、唾を飲む必要があった。

「……い、お、大崎《おおさき》さん⁉」

「あ、やっぱりそうだ、久しぶりだね、高校卒業以来かも」

女性は卒業式ごとに顔が変わっていく。

とくに高校、大学、とすこしずつ化粧の技術を学び上達していく二十歳前後は、顔の変化が著しい。二十六歳の僕が最後に彼女に会ったのは八年前、高校卒業のときだから、彼女の顔が劇的に変化する年代を超えて再会したことになる。

それでも一目で大崎夏帆《かほ》だとわかったのは、彼女の印象的な瞳が学年のアイドルだったころと、なにひとつ変わっていなかったからだ。相手の考えをすべて見透かしているようにも、なにひとつ理解していないようにも見える瞳。

「あ、おお、うん」

「一人なの？　というか一人みたいだね。よかったら一緒に飲もうよ」

「お、おう、おう」

なんだか言い訳のようになってしまうのは嫌だけれど、僕がこんなに曖昧《あいまい》な返事をしているのは、ひどく混乱しているからだ。

僕のような恋侍ともなれば、いつどんなときに美人から声をかけられようとも、動揺することはない。三十二種類ある自分の笑顔ストックのなかから、そのとき最も適切な笑顔を瞬時に選んで、表情筋をサッと動かす。

だが、このときは違った。相手がただの美人ではなくて、彼女は大崎夏帆だった。

きっとあなたも、大崎夏帆がどんな女性かを知っていれば、僕と同じように混乱したはずだ。そして彼女について、こう説明したら、理解をしてくれるかもしれない。

僕らは青春時代に必ずひとり、神格化された女生徒を学年にもつ。

男子生徒は授業中に飽きもせず彼女の背中を見つめ、いざ振り返れば悪戯《いたずら》書きばかりの教科書にあわてて顔をつっ伏させる。女子生徒は彼女のファッションをつねに追いかけ、同じぶんだけスカートの丈を短くし、同じマフラーの巻き方を毎晩毎晩腱鞘炎になるまで練習する。ただ彼女が身につける水色のマフラーだけは、彼女にだけ許された神聖な色として決して誰も真似をしない。

「大崎夏帆」は僕の高校において、そのような女生徒だった。

全学年の生徒はもちろん、教師も医師も用務員も彼女の名前を知っていた。

それほど目立つ女生徒であったにもかかわらず、彼女は派手な、自尊心の高い、女子高生型猛禽類のようないわゆる陽《よう》キャグループには属さなかった。ふだんは大人しい女子生徒たちと一緒に、木陰で草を食《は》むように穏やかに弁当を食べていた。まるで自分の美しさの価値に気づいていないか、あるいは友人の本当の価値に気づいているかのようで、その姿勢がまた男子生徒が抱く彼女の神性をより強固なものにした。

そういえば、僕は学生時代に彼女と三回視線を合わせたことがある。

一度目は高校一年の英語の授業中。二度目は高校二年の二学期に南校舎の渡り廊下ですれ違ったとき。そして三度目は、高校二年の三学期の朝、満員電車のなかで足を踏んづけられたときだった。痛かった。事実、僕はそれで右足の小指を骨折した。でも、それまでいちども会話をしたこともないのに、足を踏まれただけで、僕は大崎のことが好きになった。十七歳。僕はそういう学生だった。

「ごめんなさい」

足を踏んだ直後に、大崎はこちらを見あげた。

そのひと言で、僕の心は盛大に血しぶきをあげた。満員の電車内が自分の血煙で真っ赤に曇って見えた。大崎のひと言が僕の耳には、

「(そんなことないと思うけど、身の程知らずにもしあなたが告白してきたときには結局言うことになるから、いまのうちにまとめて言っておくね) ごめんなさい」

に聞こえたのだ。僕はとくべつな耳を持っていた。そういう学生でもあった。心の出血多量で気絶しかかっている最中に「どういたしまして」とか訳のわからない答えをしたと思う。揺れた大崎の髪から、淡く甘いシャンプーの香りがした。

つまるところ、僕は学校のアイドルと視線を合わせた回数をいつまでも覚え

ているような、高校生活を送っていた。読書研究会という校長でさえ存在を知らないマイナーな部活に属していた僕は、脳内失恋した部分だけをそっくりのぞいて、その日の事件を他の二名の部員に語った。

「なんと、神と目を合わせたとな！」

と部員たちは部長の勇気に驚愕し、それ以降彼らは「神の足置きに選ばれた男」、または「アシオキサマ」として僕を崇めた。

当時、大崎のシャンプーの香りがする笑顔に魅了され、何人の強者どもが果敢に彼女に挑んでいっただろう。その中にはサッカー部のキャプテンもいれば、テニス部のエースもいた。野球部なんてフラれた男たちだけで打線を組んで甲子園を目指せるような有様だった。有名私立大に推薦入学が決まっているイケメンもいたし、噂によれば複数名の教員までもが大崎に愛を告白したという。だが、誰ひとりとして彼女の笑顔を占有することはできなかった。あれだけ多くの男たちが夢見た彼女の唇は、誰の唇とも重なることがなかった。

ことごとく返り討ちに遭う勇者たちの屍《しかばね》を見て、男子生徒たちはその凄惨《せいさん》な光景を大崎無双と呼ぶようにまでなった。僕は心のなかで、倒れた彼らの墓標に水色のマフラーをかけて回った……。

大崎夏帆という伝説をご理解いただけただろうか。そんな大崎が偶然再会した僕の名前を、というか存在自体を覚えていたことは、じゅうぶんに僕を動揺させた。もしかしてこいつ、僕のことを好きなんじゃないか？　そうとまで思ったけれど、そんなことが二の次になるほど、僕は混乱もしていた。自分の目が信じられなかった。

それは「彼女」が「彼女たち」だったからだ。

「大崎」ではなく「大崎たち」。

僕に声をかけてきた大崎夏帆の隣には、まったく同じ服を着た、まったく同じ顔の美人が立っていた。

「……もしかして、双子だったの？」

あぁ、確認するまでもないのに、あらためて確認してしまった。それくらいの力が、一卵性の双子にはある。僕の問に、彼女たちは同時にうんと肯《うなず》いた。

「双子って……いつから？　いや、いつからもなにも、生まれたときからか、でもそんな」

僕が混乱しているのを見て、美人の双子はおかしそうにくすくすと笑った。

「私と真帆《まほ》ちゃん、中学から別々の学校行ってたから、女子のなかでもあんまり知られてないいんだけどね」

目の前の二人は目元がそっくりで、無垢《むく》の唇もウリ二つ、そのどちらも、黄金時代の彼女を思い出させた。しかも、あろうことか彼女たちはそっくり同じ服を着ている。それが余計にキューブリック的な非現実感を煽ってくる。

「えっと、あの、いつも同じ服を着てんの？」

「まさか。今日だけだよ」

「どうして」

「月に一回、同じ服を着て御飯食べることにしてるの。せっかく双子なんだから、双子にしかできないことしようと思って」

「そうそう、月に一度の双子デー」

ともう一人の大崎夏帆が言った。この双子は声の質までまったく同じだった。

彼女たちはちょっと前からここで飲んでいたらしい。アクリル板越しに乾杯をすると、二人はさっそくトイレへと席を立った。双子の片方が「帰ってきたときは『どっちが夏帆?』クイズするから当ててねー」と手を振って笑った。

僕は彼女たちがトイレに行っている間にスマホを取り出して、彼女たちが双子であることを誰かに伝えようと思った。この驚きは一人で抱えているにはあまりにも大きすぎた。だが連絡先アプリを開いたところで、高校時代の友人の電話番号やLINEなど、ひとりも登録されていないことに気がついた。読書研究会の二人ですら、大学に進学した後は交流がなくなっている。暗黒の学生時代の人間関係は、極力触らないようにこれまで過ごしてきたためだ。ため息をついてスマホをテーブルの上に置いたときに、双子は戻ってきた。

「さ、どっちが夏帆でしょう~?」

目を疑うとはまさにこのことだ。

大崎夏帆が入れ替わっていたとしても分からなくなっていた。髪型や、髪の色まで一緒だった。厳密にいえば皺とか黒子《ほくろ》の位置などで分かるのかもしれないけれど、八年ぶりに再会してすぐに違いに気づけるわけがない。嘘偽りなく、僕は彼女たちのどちらが大崎夏帆か、まったく見分けがつかなかった。

「えっと、こっちが高校が一緒の大崎夏帆さんだよね？」

「え、それほんとに言ってるの？」

「いや、えっと……」

「本気で当てにきてよね」

「ほんとだよ、ちょっといいから教えて、こっちが大崎夏帆さんでいいんだよね」

「どうでしょう〜？」

「面白いからもう教えなくても良くない？」

「ちょっと！　マジで！　だいたい名前がわかんなきゃ、話もフリづらいよ」

「じゃあ、今夜はあだ名で呼んでよ」

「アダナ？　どんな？」

「んー、それじゃあ」

と双子が同時に歯を見せて笑った。

一人はモナコと名乗り、もう一人がニースと名乗った。

どちらの街も、僕はまだ訪れたことがなかった。


「で、落合くんは仕事なにしてんの？」

「ウェブマーケティング。モナコは？」

「私はメーカー。広報やってる」

「私はウェブの制作会社。落合くんと業界は近いかもね」とニースが言った。

表情と口調の印象からは、モナコのほうがやや活発で勝ち気に見え、メーカーの広報という華やかな職場でも果敢に戦っている姿が想像できた。一方のニースは話し方がすこしおっとりとしながらも、言葉づかいが丁寧で会話の内容もつねに明晰《めいせき》だった。とはいえ違いはあくまでわずかな差でしかない。僕がトイレから帰ってきたときに名前を入れ替えていたとしても、気づける自信はまったくない。

いずれにせよ、高校時代に大崎夏帆が放っていた神話の住人めいた強烈なオーラは二人ともなくなっていた。だがそのために角が取れ、人懐っこく気さくで話しやすい雰囲気を身に纏っていた。なにより大事なことは（どちらが本物の大崎夏帆であるにせよ）相変わらず彼女が美人であり、それどころか大人の色気が加わって美人度が増していたことだ。というか、ちょっとエロそうになっていた。それはつまり、弱点のない美人、ということになる。

そして、世界には弱点のない美人ほど恐ろしいものはない。

文化系の薄暗い部室で膝を抱え、青春の輝かしい嵐が通り過ぎ去るのをひたすら待っていた僕やあなたのような青春難民からすれば、なおさらだ。彼女たちは呼吸をしているだけで、無自覚に、一瞬で、僕やあなたのような冴《さ》えない男の自尊心に、壊滅的な辱《はずかし》めを与える。もし僕があの頃のままの高校生であったら、この二人に飲み屋で声をかけられても、とっさにこう答えたはずだ。

「あれ、もしかして落合くんじゃない？」

「いえ人違いだと思います、以前にも同じ名前で呼び止められたことがあるんで、ええ、だから違います人違いです」

「え、でも、きっと……」

「いえ違います。そもそも飲み屋で男の人に気軽に声をかけるようなチャラチャラした女性には知り合いがいないんで、と言うか、よくそんなことできますよね。もし人違いだったら自分だけじゃなくて間違えられた人も恥ずかしいじゃないですか？　そんな心理的負担を見ず知らずの人にかけられないじゃないですか。そうですよね？　でもこうして人違いの可能性もあるのに気安く声をかけるのは、あなたが美人で見た目に自信があるからでしょうね。そういう人生ってさぞ素敵なんでしょうね。輝いているんでしょうね。優しい気持ちで生きていけるんでしょうね。あ、もうこんな時間だ。それではこれから家に帰って攻殻機動隊のスタンドアロンコンプレックスシリーズを一晩で一からすべて見直す予定があるので、失礼」

くらいは言って、その場を去ったと思う。

わかってる、腐ってる。

だけど冴えない男が美人から身を守るためには、相手にひと言でもしゃべらせる隙を与えてはならないのだ。相手がしゃべれば、そのひと言で自分が傷つき、それだけで心が血しぶきをあげ、三秒後に失血死する恐れがあるからだ。

……でも、諸君、僕はもう冴えない高校生じゃない。

巨匠のもとで厳しい訓練に耐え抜いた誇り高き恋侍だった。もはや相手がどんな美人だろうと、怯まず、臆せず、その場でもっとも効果的な言葉を返すことができる。だから一軒目の立ち飲み屋で、まるで重大な秘密でも打ち明ける

みたいに、

「私たち、お酒が好きなの」

と二人の大崎がユニゾンで言っても、

「うん。そうみたいだね」

と軽く会話をあわせることができる。「そうなんだ」ではなくて「そうみたいだね」というところが一流の恋侍の会話術だ。この切り返しが凄まじく巧みなことが、あなたにはわかるだろうか？

ちなみにこれから恋侍を目指すかもしれないあなたに説明しておけば、この場合、「そうなんだ」も悪くはないチョイスだ。


「私、お酒が好きなの」

「え、そうなんだ？（一見、お酒が弱そうに見えるのに意外だね）」


という意味を含ませることで、彼女が意図する彼女自身のギャップを、こちら側できちんと引き立たせてあげることができる。彼女が目指した印象を、僕らの力で成立させてあげられるわけだ。さらにはこのひと言を起点として「なんのお酒が好きなの?」「酔うとどうなるの?」「いつもは誰と飲んでるの?」「そうだ、LINEのID教えて」などと会話の方向を自在に選んで展開できる。

——でも結局のところ、やはりそれは会話を楽しむ余裕のない、気持ちばかりがはやる二流侍のチョイスであると言わざるを得ない。彼女たちが求めているものを、本当には理解していないからこそ、先へ先へと会話を急いでしまうのだ。

よし、では「そうみたいだね」はどうだろう?

この場合、逆に相手から距離をとる。

言うなれば、刀を構えてから一歩後ろに下がる。一歩下がれるのは、状況の数だけ戦法があることを知っているからで、なおかつそれを実行できる技術と勇気があるからに他ならない。

「大人の余裕」なんて恋愛マーケットで語られているコミュニケーション上の間合いは、実際には年齢とまったく関係がない。事実、その極意を理解している奥田民生《おくだたみお》が、名曲『服部《はっとり》』を書いたのは、彼がまだ二十四歳のときだ。

「うん。そうみたいだね」

なんて答えられては、女の子にしてみれば肩すかしを食らった気分になるだろう。だけど彼女たちはすぐに気がつくはずだ。財布と面《つら》の皮だけは厚い、女に飢えた商社マンや広告代理店の男とばかりデートを繰り返しているであろう彼女たちにとって、この間合いこそが、大人の余裕こそが、求めていた安らぎなんだと……。

ま、そのようなわけで、双子には僕の言葉がこう聞こえたはずだ。

「私たち、お酒が好きなの」

「うん、そうみたいだね。きみたちの素敵なところ、もう僕は気づいてる。理解してる。だから安心して。そう、笑顔を見せて。あとＬＩＮＥのＩＤ教えて」

　ありがとう巨匠、僕は強い大人になりました。美人の双子の前でも物怖じせずにこうして刀を構えています。ほら、目の前の双子はお互いに視線を走らせて、ふふふと楽しげに笑っています。

「落合くんって、面白いね」

「ちょっと変わってるよね」

「そうかな」

「昔からそうだったの？」

「そんなに変わってないと思うよ」と僕は嘘をつく。

「昔はぜんぜん話したことなかったもんね。私たち、高校二年までクラスが一緒だったの覚えてる？」とニースが言ったところで、僕は大崎夏帆がニースであることに当確の花印をつけた。しかし、直後に「そうそうB組でさ、落合くんがいちばん後ろの席で」とモナコがつけ加え、僕は当確の花印を取り外す。

おそらく二人がトイレに立ったときに、情報を共有したのだろう。あるいは僕はからかわれているのかもしれない、そう思った。大崎夏帆がどちらであるか判断つきかねている僕の反応を肴にして、美味い酒を飲みたいだけなのかもしれない。

でもね。でも考え方を変えれば、それは彼女たちが楽しんでいるということだ。もっと言えば、僕が彼女たちを楽しませてあげているということだ。世の中つまらない男ばかりで今日という今日はもうウンザリ、今夜は姉妹水入らずで、最近声をかけてきたイケメンだけが取り柄《え》のクソみたいなテニスサークルあがりの男どもの悪口でも言ってスッキリしようかしら、と思っていたところに、救世主のように現れて彼女たちを楽しませているのが僕なのかもしれない。

と僕が脳味噌の代わりに海綿体を頭蓋《ずがい》に詰めているテニスサークルあがりのクソみたいな証券マンの顔を想像しているときに、モナコが「すいませーん」と手を挙げて店員を呼んだ。

「はい、美人のお姉さん、どうしましょ」

「このメガレモンサワー超特大ジョッキスペシャル、ひとつください」

僕はその強烈なパワーワードに飲んでいたハイボールを吹き出しそうになった。なんなんだその過剰に過剰な飲み物は。レモンサワーとジョッキ以外はぜんぶ修飾語じゃないか。そしてモナコよ、もし店が冗談で掲載したギャグアイテムだとしても、それを本気で注文するな。いやあるいは冗談なのか？　と僕はモナコの横顔を確認したが、その瞳にはなんの気負いも浮かんでいなかった。ごく自然なアルコールへの欲求を満たす手段として、モナコはメガレモンサワー超特大ジョッキスペシャルを注文していた。

「あ、お姉さん。この超特大ジョッキスペシャルって、写真だとわかりにくいんすけど、実際はマジでジョッキデカめっす。大丈夫すか？　お姉さんみたいに華奢な人は、もしかしたら両手でも持ち上げられないくらいデカくて重いんだけど」

僕はこの二人が何の会話をしているのか忘れそうになるほど呆気《あっけ》にとられ

た。この店員の顔もまた、冗談を話している表情ではなく、時間給に見合った労働を実直にこなしている中年のものだ。だとすれば、女性が一人で持ち上げられないジョッキってどんなサイズだ。そしてそれをどうやって持ってくる気だ。もし持ってきたとして、飲めるわけないだろモナコ。

そのときに、ニースが片手を挙げて店員の注意を惹きつけた。

「私もそれ、同じのください」

僕は口にしていたハイボールをついに吹き出した。僕とモナコとの間に立てられていた透明なアクリル板に水滴が広がる。「なにやってんのウケる」とモナコが笑って、自分のお手拭きを僕側に放った。僕は礼を言うと、手のひらで口元を拭ってから、そのお手拭きでアクリル板に降りかかった水滴を拭き取った。この板がなかったらと考えると恐ろしいほどの大失態だ。こんなことは二度としてはならない。

「あ、私そのサワー濃いめにしてくださ〜い」

「私も濃いめで」

それを聞いて僕はもういちどハイボールを景気よく吹き出した。

「なに、シーライオンの真似?」とモナコが笑う。

「シーライオンじゃないでしょ、名前違うよ」とニースが指摘した。

「なにじゃあ。シーモンキー?」

「いやたしかシーじゃなくてナーだった気がする」

「ナーモンキー? なんか違くない?」

「違うよ、ナーライオン」

「あ! ほんとだ! それそれナーライオン!」

「思い出せて良かった、ナーライオン」

「完全にナーライオン」

「超ナーライオン」

「マーライオンね」と僕は吹き出したハイボールを綺麗に拭き取ってから言った。「マーメイドのマーと、ライオンが組み合わさった半獣半魚だから、マーライオン」

「へぇー！　詳しいじゃん落合くん！」

双子姉妹が笑顔になっている。僕は可能な限りスマートに店員を呼んで、全員分のおしぼりを新しいものに交換してもらった。

それにしても、と僕は思った。「私たちお酒が好きなの」と公言するだけはある。うかつに彼女たちのペースについていこうなどと思えば、酔い潰されることは間違いないだろう。そのことにいま気づいて良かった。今後の作戦を練る上で重要な要素として覚えておこう。

今後の作戦。

そう、もう僕は覚悟を決めていた。双子はいま、僕との時間を楽しんでいる。そして酔う気満々でいる。酔っ払って僕にむかってその心の扉を開こうとしている。なんせ週末の夜だぞ、大人の男女だぞ、そこで両手で持ち上げることができないようなメガレモンサワー超特大ジョッキスペシャルを頼んでるんだぞ。濃いめだぞ。

もう一度言おう。

大崎夏帆は高校時代の伝説的なアイドルだった。

恋人を作らず、誰ともキスを交わしていない無垢の唇を持ったまま卒業していった完全無欠の美少女だった。僕のようなヒエラルキー最下層の賤民には、声をかけることすら叶わない天上人だった。

でも僕はもうあの頃の僕じゃない。今夜こそ。免許皆伝の恋侍となった今こそ、僕は大崎夏帆を口説き落とす。あの伝説の、無垢の唇を手にいれる。手にいれたる！　その接吻《せっぷん》は僕の高校の全男子同級生の悲願であり、また、暗黒の高校時代に辛酸をなめ尽くしたスクールカースト最底辺の賤民による勝利の刻印だ！

そのためにはまず、どちらが大崎夏帆かを見抜かなければならない。

僕は心の中でポキポキと指を鳴らして、ビースト落合モードの起動ボタンに指をかけた。手段は選ぶつもりはない、僕が巨匠から学んだすべてを二人の大崎にぶつけるつもりだった。

「お兄さん、お替わりどうしましょ？」

先ほどの店員がいつのまにか隣に立っていた。ハイボールで繰り返しマーライオン化したためにグラスの中身がなくなっていた。戦意が昂揚していたこともあり、僕はメニューを開いて「よーし、じゃあ僕もお替わりもらおうかな！」と自分の眼鏡を指で押さえた。「週末なんだし、飲みな飲みな！」と、愛想のいいモナコが囃《はや》し立ててくる。

「うん、え、じゃあこのふつうのレモンサワーください！」

「ふつうの？」とニースが首を傾げた。

「……いや、ちょっと濃いっていうこのメガレモンサワーにしてください」

「へい、サイズは？」

「小ジョッキで」

「え何ジョッキ？」とモナコが眉間に皺を寄せる。

「何ジョッキって……いや、あの、やっぱり二人と同じ物を」

「あい、超特大ジョッキスペシャルで。濃さはどうしましょ」

「濃さ？　濃さ!?　ただでさえ濃いんですよね、このメガレモ……二人より濃いめで」

「へい、こちらのお兄さんにメガレモンサワー超特大ジョッキスペシャル、超濃いめで～い！」

「よろこんで～い！」

これでいい。そう思った。

いや、そう信じた。

自分を信じられない男に、どんな魅力があるというんだ。


大男が数人がかりで運んで来そうな「メガレモンサワー超特大ジョッキスペシャル」という名の飲み物は、実際には「まぁ普通に考えたらそうだよね」と納得できるくらいには現実的なサイズ感だった。大ジョッキよりもひとまわり大きいと言えば伝わるだろうか。だがアルコールに関しては「濃いめ」の暖簾に偽りがない、喉へのキック感が強い濃度だった。

にもかかわらず、だ。

モナコもニースも飲むペースは一切落とさなかった。もはや疑う余地もなく、二人のアルコール耐性は常人の域を超えていた。あの頃の、清楚という概念を擬人化したような高校時代の大崎からは考えられないことだった。もし高校生のころに大崎の肝臓が強靭であることを知っていたら、僕はどうしていただろう。

考えるだけ野暮だ。萌え悶えていたに決まってる。

それは言葉遣いの綺麗なお姉さんが、シンプルな白いワンピースの下にど派手な下着を身につけているのと同じ衝撃を高校男子に与える。「こんな可憐な少女の肝臓が強靭だなんて!」と。そして当の大崎本人でさえ、高校時代には自分の肝臓のポテンシャルを知らなかっただろう。その意味では、もっとも驚くのは彼女自身かもしれない。

気がつけば、僕は一軒目の居酒屋で想定以上のアルコールを摂取していた。高校時代のアイドルと再会し、緊張していたこともあるだろう。いくらサワーとは言え、濃いめのジョッキ二杯も飲めばそこそこ酔いが回った。しかしそんな僕と比べても、モナコとニースはさらに倍以上のペースで酒を飲みつづけた。彼女たちの細い体のどこにアルコールが流れ込むのか不思議なくらいだった。それでいて、顔色一つ変えやしない。トイレへ立つときも手をどこかへつくこともなく、そのまま出社できそうなほどしっかりとした足取りで廊下を歩いて行った。


一軒目で僕は彼女たちの肝臓の強さとアルコールへの貪欲さに驚いたが、二軒目ではさらに度肝を抜かれることになった。店を変えて恵比寿のバーへ移動すると、双子は、二人揃って、ファーストドリンクでこう言ったのだ。

「ニコラシカください」

僕は心のなかで大量の牛乳を口に含んだ。それから鼻で深呼吸をした後で、半径数十メートル以内をくまなく湿らすほど盛大にその牛乳を吹き出した。

ニコラシカ、だ。

もはや二人が平凡どころか深刻な酒好きであることは明らかだ。

ここでまた僕の脳内に巨匠のありがたいお言葉が響いた。

——若き恋侍よ。バーで注意が必要なのは女が飲んでる酒の種類だ。シェイカーが必要なカクテル類なら構わない。だが女が生《き》のスピリッツを飲んでいた場合は要注意だ。そのような場合は相手がアルコールに強いだけでなく、統計的に知的水準が高い。いいか若き恋侍、そのときは自分の知性だけが頼みの綱になる。お前が知性を武器にできないなら、逆にプライドをズタズタにされて、バーカウンターの足元で血まみれになって倒れるぞ……

女の子を口説くのは命がけだ。生半可な覚悟では口説けない。

ニコラシカはカクテルとはいえ、レモンと砂糖が添えてあるだけの、ただの生のブランデーだ。それもシェイカーを用いずにレモン・砂糖・酒をそれぞれ口に含んで三つ巴、口内で渾然一体となって輝いた瞬間に勢いよく嚥下《えんげ》するという、とんでもなく荒っぽいカクテルだった。「ニコラシカに辿り着く前に生涯を終える酒飲みも多い」と巨匠が背筋を震わせて言っていたことを僕は思い出した。

だが美人の双子に挟まれるというこの機会を前に敵前逃亡したとなれば、あとで巨匠から厳しく叱咤されることは目に見えている。

——口説かずに後悔するより、口説いてから後悔しろ。

これは巨匠の金言《きんげん》だ。また僕は直前にアパレル嬢にドタキャンされ、破れかぶれな気分でもあった。居酒屋であれだけ飲んできた直後にニコラシカを注文するという、怪物でさえ後ずさりするような肝臓強度を持つ美人双子だったが、口説かないという選択肢はもはやない。ここは腹を決めて攻勢に出ることにした。

「じゃあ、あらためて再会を祝して」

とモナコがニコラシカのグラスを片手に持った。ニースもそれにつづく。

「再会を祝して」と僕は自分のアードベッグのロックグラスを掲げた。それから三人同時に「乾杯」と微笑んで、各々のグラスに口をつけた。無論、ニコラシカは口をつけた瞬間に一気飲みされるため、即グラスは空になる。噛み砕かれたレモンの皮が飲み込まれるまで、ぼくは双子のその様子をじっと眺めていた。

「ぷはぁ、やっぱり美味しいね、ニコラシカ」

「私たち、最近二軒目のスタート、こればっかかだよな」とモナコは笑って、チェイサーグラスから水を一口飲み込んだ。それから何を思ったのか、彼女はこちらにふり向いて、僕の顔をまじまじと見つめた。

「ねぇ落合くん、ニコラシカって知ってた?」

「え」

「だからー、私たちが飲んだ、このニコラシカってカクテル、知ってた?」

さっそく来た。カン、というゴングの鳴る音が脳内で聞こえた。

いい度胸してるじゃないか。飛んで火に入る夏の虫とは、モナコ、お前のことだ。その勝負、受けて立とう。

「たしか」、と僕は前置きをして、自分のアードベッグのグラスをテーブルに置いた。「たしかドイツで生まれたカクテルだよね?」

とあまり興味なさそうに言った。

言うまでもなくこれは呼び水だ。知識はいつでも女の子に対する有効な武器だが、とくに知的水準の高い女子と相対しているときは武器の強度がものをいう。もちろん僕の知識はオリハルコン同等の硬度と希少性を持っている。もしこの話に食いつけば、この後に僕の脳味噌にぎっちぎちに詰まっているニコラシカ雑学を惜しげもなく披露し、双子の心の中のへぇボタンを、あるいはガッテンボタンを、あるいはなんでもいいけど共感ボタンを、ボタン台が火花を吹いて破壊されるほど叩かせてやるつもりだった。

それにもし、この話題に食いつかなくても、僕は興味なく振る舞っているので空振りしたことはバレない。また僕から疑問形で返答しているために、彼女たちもなにかしら答えなければならない。

恋侍には死角なし。

諸君、これが一流の戦い方だ。

「あ、ドイツのカクテルなんだ？　私知らなかったわー」とモナコが空いたグラスを眺めていった。

「私も知らなかった。たしかになんかドイツっぽいよね」とニースもそういって頬杖をつく。

「そうだね。でも、ニコラシカの語源自体は実はロシアの言葉なんだ」

「ドイツのカクテルなのに、語源がロシア語なの？」

ニースが興味深そうに目を丸くする。よし、釣り針はしっかりかかった。あとは慎重に引き上げるだけだ。僕は双子に聞こえないように小さく深呼吸した。
「ロシア語っていうより、ロシア人の名前だね。ニコライ。ほらゴーゴリって
ロシアの小説家もいるだろう、『外套』の。あのゴーゴリも本名をニコライ・
ゴーゴリって言うんだよ」
「へぇ」
「あ、そういえばドストエフスキーの『悪霊』の主人公もニコライじゃなかっ
たかな。ドスもロシア人だからね」
「『悪霊』？」
「そう、『悪霊』は彼の五大長編のひとつで、たしか三作目かな。僕は『カラ
マーゾフの兄弟』の方が好きなんだけど」
「ふうん」
「いずれにせよ百五十年くらい前の小説なんだ。日本だと江戸時代が終わった
直後くらいだね。『悪霊』は十年くらい前にも新訳が出たんだけど、知ってる
かな？　そもそもが大昔の小説だからさ、定期的に現代語に翻訳しないと訳っ

て古くなっていくんだよ。訳の善し悪しは賛否が分かれてるけど、僕は結構好きだったな。というか、いま読んでもそれがまさか日本人がチョンマゲしてたときに書かれた小説だなんて思えないよ。すごく面白いんだ」

「へぇ、ウケるね」

と双子は同時に言った。

心が血しぶきを上げた。

まずぃ。非常にまずぃ。女子が「へぇ」のあとに「ウケる」とつけ加えた場合、97・2%の確率で、ウケてない（巨匠調べ）。まだ2・8%の確率でほんとうにウケている可能性もあるが、悪霊の新訳刊行にウケているのなら、この女、まともじゃない。

「う」と僕は平仮名をそのまま飲み込んでしまったようなうめき声を上げた。ついつい気持ち良く話しすぎてしまった。こんなイージーミスをしてしまった自分が恥ずかしい。これではまるで自分が財布と面の皮だけは厚い女に飢えた一部上場企業の営業マンみたいじゃないか。彼らはあまりにキャバクラに通いすぎているためにキャバクラ嬢との会話作法が一般でも通用すると勘違いして、市井《しせい》の女子にどん引きされる。彼らのくそつまらない話など金をもらわなければ馬でさえ聞く耳を持たないのだ。コロナ禍となってキャバクラ通いができなくなってからは、「最近なんだか話を聞いてくれる女が急に身の回りから減った気がする、コロナ禍だからかな」、などと勘違いしている幸せ者も多いが、そもそも本人の会話作法がすべての根源である。それを知っているはずなのに、僕もまた双子が興味を失っていることに気づかずうっかり話しすぎてしまった。おそらく双子はこう思っているだろう。

――うわぁ出た、こいつ雑学自慢男かよ！　財布と面の皮だけは厚い女に飢えた一部上場企業の営業マンみたいじゃーん！　超面倒くせ～のに当たっちまった、キッツー！

間違いなく思っている。女子は興味のない話を延々とする男なら、いっそ唇をまつり縫いされている男を選ぶのだ。

　背中に汗が流れた。僕は知らぬ間にコーナー際に追い詰められていた。いつ彼女たちがスマホを手にしてLINEで友達と「いまなにしてる～？」などとどうでもいい会話をはじめてもおかしくない。あるいはインスタでK－POPアーティストのストーリーズにいいねしだしてもおかしくない。ここで双子をリング中央に引き戻すには方法はひとつしかない。僕は思いきって口を開いた。

「え、ウケるかなぁ？」

　焦りを隠しつつ、不思議そうに言った。心底不思議そうな、純粋な表情だ。どうか、伝わってくれ。と僕はほとんど祈るような気持ちで首を傾げた。

　そして、それがうまくいった。

「……あ、ごめんごめん、ウケるって落合くんのことね。おもしろい人だなーって思ったの」

「そうそう、そうだよね」

「だってなんか落合くん、独特だし～」

「たしかにー！　ドストエフスキーのこと、こんなに熱く人から話されたのって私人生初めてだもん。ていうか、ドストエフスキーっていま私人生で初めて発音したかも」

「さすがにそれはないでしょ」

「じゃあ言ってみなよ」

「ドストエフスキー。あ、初めての口だ！」

「ほらー、やっぱ初めてじゃん」

「ほんとだぁ。しかもドスって省略するのも知らなかった～」

「落合くんって、面白いねー」

「ねー！」

……危機一髪とはこのことだ。危なかった。

僕は咄嗟《とっさ》の切り返しで「知識をただ披露したいだけのクソ面倒な奴」から

「本当に好きなことだから一所懸命に話している純粋な人」にどうにか不時着することができたようだった。

こうなれば、ひとまず安心していいだろう。二人はちょっとエロそうな上向きの唇をわずかにひらいて、僕に微笑みを向けていた。その笑顔を見て、危うい飛行だったけど、むしろ距離を縮めることに成功したことに気がついた。

「ほんとうにこの人って変わってるんだなぁ」

というのは、実は恋愛感情の入り口だ。ピンチをチャンスに。これはビジネスでも恋愛でも同じことだ。

このチャンスを、モノにする。

どっちが大崎夏帆かはまだぜんぜんわからないけれど、必ず本物を見抜く。そして、高校のアイドルを、伝説の唇をモノにする。

「ねぇ、次は何飲む？」

僕は空いたニコラシカのショットグラスと自分のロックグラスを脇に下げて言った。

「お～、落合くん、やる気だねー？」

「うん、楽しいし。同級生にばったり会うなんて、こんな偶然めったにないからね」

「ほんとだよね」

「しかも双子だから二倍楽しいだろ～？」とモナコが人差し指でつんつん僕を指しながら言った。

「あはは、それも美人の双子だしね。ほんと今日が双子デーで良かったわぁ」

「ポイントも二倍だよ？」

「なんのポイントだよ。ていうかポイントたまったらどうなんだよ」

「えー、三つ子に会える、とか」

「よし、ポイント貯めよう」

「……ていうか、落合くん時間は大丈夫なの？」

静かに笑って聞いていたニースが、時計を確認して言った。テンションが高く盛り上げ上手なモナコ、おっとりしていながらしっかり者のニース、この二人は双子でありながらほんとうに対照的な性格をしている。

「明日は休みだし。とことん二人に付き合うよ」

「でももう電車なくなっちゃうよ」

「……あ、ほんとだ」と僕も時計を確認した。

「いいよいいよ、そしたら二人とも私の部屋に泊まれば良いじゃん」

モナコが言って、僕はわずかに動揺した。

「……え……とまる？」

「私はいいけど、落合くんだって急にそんなこと言われても困っちゃうって」

「えー、困るの？」

「困るって。パジャマもないし。ねぇ、落合くん」

「え、いやあの」

「うち泊まりたくない？　困る？」

「落合くんだって困るよね？」

「ちょっと、あんたホントに困んの？」

「え、えっと、……こ、ま、る、ま、せん!」

「小学校一年生になったら。一年生になったのなら。あなたは友達を百人作ることを目標とし、その目標を達成するためのプランを幾通りもたて、なかでも費用対効果のもっとも優れた現実的なプランを選択し、さらに検討に検討を重ねて精度を高めたうえで自己責任をもってこれを実行し、出会ったばかりでどこの馬の骨ともわからない百人の他人と可及的すみやかに交友関係を結ばなければならない」

という主旨の童謡をご存知だろうか。

もちろん、知っていると思う。

なぜなら僕らは拒否する権利を与えられることのないまま、幼稚園、あるいは保育園でほとんど強制的にこの童謡を歌わされて育ったからだ。そしていったん歌ってしまえば、まだ一点の染みもない瑞々しい心に、以下のことが深く刻みこまれることになる。即ち、

「お前は友達を百人作らなければならない、というか作れないはずがない、マジで作れないとかありえないし、作れないならちょっとキモい、もし、万が一、万が一だよ？　友達百人作れないような奴がいたとしたら、それは俺らの社会に適合しない異分子であり、異分子は早急に見つけ出して磔刑《たっけい》に処し、丘の上に粛々と運んで人類の原罪をひっかぶってもらうべきである」

という強迫観念だ。まぁそのようなわけで、僕らは六歳となり小学校に入った途端、コンマ一秒でも早く友達を百人作らなければならないと懸命に社交活動を開始することになるわけで、ここで落ちこぼれてしまった人間にセカンドチャンスはほぼ訪れない。

この「童謡『一年生になったら』が諸悪の根源論」は巨匠の輝かしい研究成

果のひとつだけれども、僕も全面的にこれに賛同している。

いやね、もちろん友達百人作れる人はいい。でも僕やあなたのような「青春難民」は、学校という小社会に第一歩を踏み出した瞬間にたいてい右足首を捻挫、もしくは剝離骨折している。だから友達作りのために歩き回ることはできず、ごくごく自然な流れで、松葉杖をつきながら校舎の陽の当たらない場所を探して青春の暗黒面を歩いて行くことになるのだ。

僕たちは貴重な十代を、多数派の人間とは違う世界で過ごしてきた。

「青春」と聞いて、多数派はまず何を思い浮かべるだろうか。

大勢の友達、スポーツ、輝く汗、放課後の冒険、そして恋愛。

青春を因数分解すれば、でてくるキーワードはおおよそこんなところだろう。しかし残念ながら、こんなキラキラして目が瞬時に潰れそうなキーワードとは一切無縁なのが我々、青春難民だ。

僕らはクラスのヒエラルキーの頂点にある陽キャグループの視線を徹底的に避け、運動会や修学旅行といったイベントを怖がり、なにより「好きな者同士でグループを作れ」という教師のむちゃくちゃな号令を心から憎んだ。ふざけんな、「好きな者同士でグループを作れ」って、なんで好きな者同士がいる前提なんだ？　それなのになぜこうも自然にグループが出来上がるんだ。お前達はほんとうに好きな者同士なのか？　お互いにそれを了解してんのか？　事前にお互いの好意を確認し合う儀式かなにかがあったのか？　それに全員参加したのか？　僕だけがその日程を知らなかったのか？　狂ってる、この国の教育は狂ってる！

——それが僕やあなたにとっての青春時代だった。

というわけで、僕がなにを言いたいかというと、そんな青春難民の僕らが、美人の双子と、いや、ちょっとエロそうな美人の双子と、三人で会話するなんていうことは惑星直列的な奇跡に近いということだ。

ただでさえ一卵性双生児の出現率というのは０・５％と言われているわけで、二百五十人友達がいたとしてもそのなかに一組いるかいないかというレアカードなのだ（あなたの人生の扉を何人の双子が叩いていったか思い出してみればわかるだろう)。

ただの双子をもってして、その確率だ。

しかもそれがちょっとエロそうな美人姉妹ともなれば、さらに確率は天文学的な数値にまで跳ね上がる超絶激レアカードとなる。百人の友達すら出だしでつまずいている我々にしてみたら、彼女たちはどれだけ課金してもシステム設計上のミスでガチャコンプできない最後の一枚に等しい。

……だから、こんなことになってしまうのもしかたがない。つまり、

「で、どうなんだよ〜、え? お前言ってみろよ、元カノどんな女だったんだよコラ」

泥酔である。

ニコラシカを飲んだまでは、まだ良かった。

いや、むしろニコラシカが切っ掛けだったとも言える。

それで勢いがついたのか、その後へネシーをロックで二杯、ラフロイグをストレートで一杯飲んで「そういえば〜、今夜まだワイン飲んでなく な〜い?」

などと言い出した頃にはすでにモナコの目はすわっていた。スーパー泥酔スイッチの入ったモナコは、もはやまともにカウンターにもつけず、三人で奥のソファ席へと移動したのが十五分前だ。

モナコの顔色はすこしも変わらないものの、上半身は背骨を抜かれたみたいにグニャングニャンで、比較的まともなニースの肩にぐったりとしなだれかかっていた。袖のないワンピースの肩から、紫色のブラジャーの肩紐がずり落ちて、ニースが指摘すると面倒くさそうに二の腕を持ち上げて服の下にしまった。あまりにひどい酔っ払い方に圧倒されて、僕がちょっとでも油断していたら、その紫色のブラ紐を見逃すところだった。ほんとうに危なかった。

「ほら黙ってないで言えよーニコライ！　元カノ情報出せよ、酒のつまみにしてやるって言ってんだからさ、きゃははは」

「もういいじゃない、ニコライも困ってるし」

「いや、だから、ふつうの会社員の女の子だって」

「それだよそれ！　『ふつうの会社員』とかお前の説明、なんの情報にもなってないんだよ、あ？　この、くそニコライ野郎！」

もういちど言おう、泥酔である。

ニコラシカの説明をしたあたりから、双子は僕のことをニコライと呼びはじめた。というかモナコにいたっては「ニコ・ライラライ」とか、「ニコ・ラランド」とか、「グレイテスト・ショーマン」だとか、もはや原形をとどめない名前で僕のことを呼びだした。もういやだ、むちゃくちゃだ。

……認めたくはないけど、大失敗だった。

相手が高校時代のアイドル、それも双子だったせいで、判断力が鈍ったんだと思う。ふだんの僕だったらぜったいにこんなミスは犯さない。つまり泥酔など絶対にさせない。なぜなら、泥酔されてしまっては、口説けるものも口説けないからだ。

しいていえば、ニースがまだほろ酔い止まりなのが救いだった。けれど彼女は酔っ払うモナコの姿は見なれているらしくて、困るどころか楽しんでいる気配すらあった。これだけ酒が強いのに、他人の泥酔ストッパーとしての機能は兼ね備えていないらしい。

「おいおいニコライ、なんで急に口数少なくなってんだよ〜」

「い、いや、そんなことないよ……」

「で、そのフツウのOLの元カノは、芸能人でいうと誰に似てたんだよ」

「芸能人？　えっと、そうだな、顔は……」

「顔じゃネェって、体つきだよ、体つきは誰に似てたんだよ！」

「カ、カラダツキですか……」

「そうだよ、女の体、好きなんじゃね〜のかよ〜？　あ〜ん？」


諸君、ちなみに言い訳ではないんだけど、話題が元カノに及んだこと自体は、決して悪い試合運びじゃない。というよりも、これは恋侍を志す初心者がまず覚えておくべきセオリーだ。

――もし恋をしたいなら、その相手とは恋バナをしろ。

恋愛の話題はいつだって、自分を恋愛相手として意識させるための突破口になる。

「ねぇ、前の彼女って、どんな人？」

ともし訊かれたなら、それは大きなチャンスと考えていい。実際に僕もニースにこの質問をされて、これまでの試合運びに確かな手応えを感じたくらいだ。そしてあなたが元恋人について質問された場合、考えるべき答えは大きく二種類だ。

①元恋人の姿を、相手に近づけて語る。

そのことで「僕はいつだってきみと恋に落ちる可能性があるんだよ」という事実をきちんと理解させる。

②元恋人の姿を、相手とは正反対に語る。

そのことで、「前の恋で失敗を学んだ僕は、つぎこそは真実の恋を、トゥルーロマンスを、ナチュラル・ボーン・ラバーズとして手に入れようと思ってるんだ、きみと」という事実を徹底的に理解させる。

①、②、どちらで行くかは相手の性格次第だ。そこがあなたの恋侍としての戦略の見せ所といえるだろう。

だが言うまでもなく、これは相手が一人の場合だ。

僕はいま、空前絶後の二正面作戦を強いられている。通常の一対一での戦略では立ち行かない。

……はいはい、わかるよ、そこのあなた、確かにおっしゃる通りです、この時点で目標を双子のどちらか一人に絞り込んで回答するのが正解なんじゃないか、という質問ね。戦力分散の愚を避けて、一局集中するのは兵法の常道だ。ここらでひとつ、モナコルートを辿るのか、ニースルートを辿るのかハッキリさせるべきなんじゃないのか、あなたはそう言いたい。なるほど。よし、はっきり言おう。

その通りです。

でも、僕には一人に絞れなかった。

なぜなら僕はニースルートでもなく、モナコルートでもなく、「大崎夏帆ルート」を辿りたかったからだ。でもいまはまだどちらが大崎夏帆かわからなかったし、それなら大崎夏帆が判明するまでは踏み込んだ話をせず、課題を先送りしようとして選んだのが、「ふつうの会社員の女の子」という答えだったのだ。

などと考えている間に「おい」とモナコが舌打ちをしてこちらを見やった。

「なにぼーっとしてんだよはやく言えよ〜、どの芸能人に似てんだよ元カノ〜？」

「私も知りたーい。女優でもグラビアアイドルでもいいよ」

「セクシー女優でもいい」

「じゃあ、映画女優でいいかな」と僕は咳払いをしてから言った。

「うん、いい」とニースが微笑む。

「前付き合ってた子は芸能人で言うと……そうだな、原節子《はらせつこ》に似てたかな」

「体つきだぞぉ」とモナコが念を押した。

「うん、体つきがたぶん」

「……て誰だよ、原節子って」

「ねー。インスタにもアカウントないなぁ」ニースはスマホを片手に言った。

「昔すごく有名だった女優だよ」

「ほんとだ、ハッシュタグはたくさんある。うわぁ、綺麗な人！　ぜんぶ写真白黒だけど」

「もう亡くなってるからね」

「おい、どんなカラダしてんのかわかんないじゃんか！」

「映画を見るとわかるよ、元カノと背格好が凄く似てた」

嘘である。嘘っぱちである。

原節子が圧倒的な美人だったのは覚えてるけど、『東京物語』や『わが青春に悔なし』でどんな背格好をしてたかなんてこれっぽっちも覚えちゃいない。

しかしこの話を切り上げるには、こうでもするしかなかった。華やかな芸能人の話はたしかに一瞬は盛り上がるけど、あまり深掘りすると自分たちの現実とのギャップに愕然として息が詰まり、その場にいる全員が下を向いて泣きながら『蛍の光』を合唱する羽目になるからだ。そうそうに切り上げるためには、有名なんだけど相手が知らなそうな芸能人の名前を挙げて、それ以上話の広がりようがないポイントへと先に導く必要がある。

「OLの原節子、ねぇ……」

モナコが言った。いまや彼女はシャブリのボトルにそのまま直接口をつけそうな勢いでワインを暴飲していた。お前それプルミエ・クリュだぞ、ちゃんとわかってんのか、なんて口をはさむ隙はどこにもない。それどころか、僕は強烈な一撃を頭上から振り下ろされることになった。

「おいニコライ、お前、ちょっとなんか嘘くせぇなあ」

そう言ってモナコは手元のワイングラスを一気飲みした。

おそらくそれがダメ押しだった。彼女の「スーパー泥酔スイッチ」が人差し指の根元までおもいっきり埋まるほど深々と押し込まれるカチッという音を僕も感じた。

ふつうの会社員の女の子、などという、元カノへの敬意を欠いているとも取れる表現をすべきじゃなかった。最初からモナコかニースか、どちらかに的を絞っておくべきだった。これは巨匠の言葉ではないけれど、スピノザだかデカルトだか新橋《しんばし》の酔っぱらいだかが言っていた金言がある。つまり「二兎を追うものは、一兎をも得ず」。

「やっぱりそうだ、ニコライ嘘ついてんだろ私たちに」

「やだな、あはは、なに。なにを根拠にそんなこと」と僕は動揺を隠すように右手を挙げて店員を呼んだ。「すみませんツメシボください」

「おいおい、なに誤魔化そうとしてんだよお」

「は？　なにも誤魔化そうとなんてしてないよ」

「いや、いくら酔っ払ってても、アタシは人を見る目はたしかなんだよ」

モナコは言った。店員がやって来て冷蔵庫で冷やされていたおしぼりを僕に渡した。モナコは下唇を噛んで、じっと僕の瞳をのぞき込んでいる。アイラインが目尻までみっちりと引かれていた。睫毛は天井に容赦なく突き刺さりそうなほど長かった。そして彼女の眼力には二流以下の恋侍なら簡単に息の根を止められるだけの魔力があった。それはツメシボくらい硬くて冷えた視線だった。

「ほらモナコ、これ首の後ろにあてると気持ちいいから使って……」

「てか、ニコライの元カノって、ほんとにOLなの～？」

……きた。

まずい。これはまずい流れだ。僕の心のカラータイマーが音を立て点滅しはじめた。それも、テレビの前で見ている子どもがいたらそのまま泡を吹いて痙攣を起こしそうなほど激しい点滅だ。PTAで問題になるやつだ。

「も、もちろんそうだよOLだよなに言ってるんだよ」

と僕は言った。多少早口だったかもしれないがやむを得ない。アシタカがヤックルに乗って多勢の敵中を突破していったように、僕もこの疑いの場を直線的に押し通るしかない。「いいかいそもそも」と僕はわずかに目を細め、身を乗り出してモナコに言う。

「いいかいそもそも、労働力調査によると働いてる日本人の九割は会社員なんだよ、90%だよ、つまり日本のほとんどの社会人は会社員ってことで、降水確率90%ならほぼまちがいなく雨が降るから傘をもっていくのと一緒なわけ。そうだろう？　天達《あまたつ》がテレビで降水確率90%って拳を振り上げて叫んでるのにもかかわらず傘を持たずに外出する奴なんてどこにいる？　いないよ、なぜならその日は間違いなく雨が降るからね。働いている日本人の90%が会社員、総務省がそう調査してる、だから僕の元カノは会社員、オフィスレイディ、ＯＬ、であることになんら不自然な点はないはずですが、なにか？」

ぎりぎりだった。

ぎりぎり土俵際だった。

モナコはたぶん僕がなにを言っているのかわからず、長い睫毛をぱちりと上下させるだけだった。頭のなかで意味なく90％というネオンカラーの記号だけが浮かんだり沈んだりしているだろう。

だが、正念場は終わってはいなかった。

次の一太刀は思ってもみなかった方向から振り下ろされた。

「ねぇねぇ、もしかして、ニコライって、そもそも彼女いたことないんじゃないの？」

……頭が真っ白になりました。

ニース、ニースよお前もか。

ここまで追い詰められるなんて、女って怖いですね。なにが怖いって、一瞬で真実を見極める直感力が怖い、恐ろしい、逃げ出したい。だが逃げ出す前に、とどめのような一撃が僕に襲いかかった。

それは、つまり、このひと言だ。

「てことはさ～、ニコライって、もしかして、童貞なんだ～？」

原節子は永遠の処女と呼ばれていた。

もちろん、その呼称を鼻で笑う人間もいた。でも笑った人間ですら、認めざるを得ない真実はそこにあったはずだ。そうだろう？　だって、僕らがバラと呼ぶものは、他のどんな名前で呼んでも、同じように甘く香るのだから。

なんて、シェイクスピアを引用している場合じゃない。

落ち着けニコライ、落ち着くんだ、と僕はチェイサーの水を一気飲みした。

この程度の窮地なら誰にでもある。ピンチこそ最大のチャンスだと一流の恋侍なら知ってるだろう。ここで逃げ出すのは簡単だ。でもあえてここで一歩踏み出すことで、勝機をたぐり寄せるんだ。僕はグラスワインに口をつけながら、出会ったばかりのころに巨匠から頂いたありがたいひと言を思い出した。

――易き道を望むなら、違う流派を選ぶがいい。労せずに女を口説こうとする流派はいくらでもある。しかしな、若き恋侍よ、私が教えるのはそれとは異なる険しい道だ。よくよく覚えておくがいい……一の太刀を疑わず、二の太刀要らずの恋の道。それが……


恋愛示現流・恋侍！

僕はその免許皆伝なのだ！

……と、自信を取りもどしたところで、僕は膝の上を手のひらでそっと払った。まだ動揺は心に残っていたが、頭の芯は真夏の教室の黒板くらいには冷えていた。もう僕は大丈夫だ。逆に勝負はここからだ。

僕は〇コンマ三秒で反撃プランを立案した。

わずかに唇を開いて呼吸を整えると、顎《あご》を上げて歯を見せる。

諸君、見ておくがいい、これが恋侍の生き様だ。

「え、童貞？　あはは、そんな風に見えるかなぁ？」

……そこで、すかさず僕はボトルに手を伸ばす。指先に一ミリも震えがないことを、敢えて自分で確かめる。攻める、どこまでも攻める、童貞であることがバレないように。

トーションでボトルを拭うと残りの量を確認し、まずはニースに、つづけてモナコにワインを注ぐ。自然に、あるいはワルツを踊るように優雅に。ボトルの注ぎ口からモナコのグラスに、シャルドネの滴が落ちていく、全国二十代の童貞を代表して落ちていく。最後の一滴がグラスに届き、その波紋の美しさを確認する。空になったボトルをクーラーに戻し、まるで女性の素肌に温かい毛布を掛けるようにトーションを優しく被せる。「次はグラスにする？」と僕は笑顔を見せた。ニューヨークの二十五時以降でしか見られない知性と悲しみが完全にバランスした微笑みだ。双子はここがほんとうにマンハッタンなんじゃないかと、具体的にはザ・プレスラウンジなんじゃないかと一瞬の混乱を覚えただろう。

「え、童貞？　そんな風に見えるかなぁ？」からのこの流れ。一気呵成とはこのことだ。この果敢な攻めこそ、恋愛示現流の本分なのだ。僕が一息ついてソファに背中をあずけると、モナコとニースはお互いの顔を見合わせ、次の瞬間風船を割ったように大声で笑い出した。

「だってさあ、ニコライが童貞だったら超面白いじゃーん！」

「そうなんだ。じゃあ童貞ってことにしようかな」

「しちゃいなよお！　ぜったいウケるって、童貞設定！」

「あはは、じゃあ次からはそうするよ」

「ほんとおもしろいよねニコライ。いや、童貞ニコライくん」

「それじゃ、大切に守ってきた童貞、どっちかもらってくれるかな？」

「私もらってあげる〜！」

「私も〜！」

どうですか皆さん！　恋侍を目指してる皆さん！　あなたにも聞こえますか

この爆音のロッキーのテーマが！　大丈夫まずは拍手の前にその涙を拭ってください、僕待ってますから！　僕の童貞をもらってくれる美女がここに、二人もいる。この事実をしっかりとあなたの胸の石碑に刻んで欲しい。あなたもこれから大変な状況に追い込まれることがあるかもしれない、辛いことがあるかもしれない、でも決してあきらめてはいけない、どんなピンチにもかならずそこをくぐり抜けて逆転するためのチャンスが落ちている！　あなたの童貞をもらってくれる人がいるのです！

ふぅ。それにしても危機一髪だったことは間違いない。

僕はかつて巨匠が言っていた言葉を思い出した。すなわち。

――酒は飲んでも、飲ませるな。

ぜひあなたもこの言葉をいますぐ暗記するか、それができないなら目に見える場所にタトゥーで彫り込んでおいて欲しい。

酒は飲んでも、飲ませるな。もし相手の女の子が自分の限界を超えて飲むようであれば、僕らはきちんとそれを止めてあげなければならない。そうしなければモナコのように泥酔するし、泥酔した女の子は、その後九割方、酔い潰れてしまうからだ。もしあなたが僕のような一流の恋侍を目指すのであれば、ここは必ず試験に出るので言っておくけれど、口説こうと思っている女が酔い潰れてしまったら、その時点で口説きは失敗、試合は終了ですよ。安西先生の喉元を摩擦熱で発火するほど高速にたぷたぷしてバスケコートを火だるまにしたって、終わりなものは終わりなのだ。

なぜなら僕らは論理的思考という畳の上で、抜き身の真剣を向かい合わせているからだ。相手の女の子と共有できる論理的思考の土台がなければ、そもそも刀を合わせることすらできなくなる。

酔い潰れてしまっては、試合放棄も同然。そんな相手に背中から斬りかかるなど、武士道にもとる。

恋愛武士道はあらゆる武道同様に、作法があり、作法によって体現される礼節があり、礼節によってようやく担保される崇高な誇りがある。とくに心技体ともに最高峰と世界的に知られている僕らの恋愛示現流では、酔い潰れた女を持ち帰るなんていうのは一発破門の御法度だ。

ほうほう、なるほどなるほど。

そんな卑劣な真似をするような男など、いるわけがないと？　そんな男は物語の中だけに存在を許された外道で、実社会にはそんな悪漢がいるわけがないと。むしろ本当に存在するというのなら、ぜひとも自分に教えてほしいものだと。

よし分かった、ならば教えて進ぜよう。

女の子を酔い潰したうえ持ち帰る行為は、品性どころか知性のかけらもないクズどもが行う。彼らは知性がない故に会社でもろくに仕事もできず、陰で後輩からバカにされているのにそれすら本人は気がつかないような畜生である。お笑いぐさなのは三十代前半までは社内でも際だった出世の差がつかないために、自分の無能さにどこまでも無自覚であり、昇格時期をすぎても管理職ポストが回ってこないことではっと自分の無能に気がついたときにはすべて手遅れだという現実である。こういう男はたいてい学生時代に体育会系クラブに所属していた畜生であり、かろうじて読み書きができる程度の教養しかないくせに、人の意見をコピー&ペーストすることで偉そうに経済や政治、それどころか調子に乗って芸術領域まで論じようとする低能だ。言うまでもなく、このような輩は青春時代には日向を歩き、若さを謳歌することに忙しく思春期に太宰や三島を読まないばかりか、これまでの人生においても夏目や芥川や大江はもちろんのこと、へたすれば手塚治虫《てづかおさむ》すら目を通していないこともありうる。信じられるか？　でも本当にこのような畜生は存在する。あなたの会社にもいるだろう。ディス・イズ・無教養。いや、無教養を額にいれて国立美術館の壁に打ち込んで観覧者に手を合わせてもらうことで永代供養に付されるのが相応の存在だ。もちろん彼らだって『スラムダンク』や『ワンピース』は読むだろう。だが『アキラ』は名前を知っている程度、『ザ・ワールド・イズ・マイン』の存在を知っている可能性などまずないし、ましてや主人公が爆弾を檸檬《れもん》になぞらえた元ネタの梶井基次郎《かじいもとじろう》が実在した小説家であることは想像もつかないはずだ。リア充ども、愚かなリア充どもよ、お前ら、黙ってそこに整列して右から順に爆発しろ！

……失礼、長くなった。とにかく言いたいことは、これだけだ。

酔い潰れた女の子のお持ち帰り、ダメ、ぜったい。

我々は誇り高い侍として、恋の刀を抜き、愛の火花を散らすのだ。

そして今回のように、美女二人を相手にしながら一人が泥酔に及んだことは僕にとって最大のピンチだった。だが、ぼくは持ちこたえた。

持ちこたえたどころか、逆転した。あなたのためだけに、もう一度だけ今夜の試合のサビの部分をふり返ってみよう。

「それじゃ、大切に守ってきた童貞、どっちかもらってくれるかな？」

「私もらってあげる〜！」とモナコ。

「私も〜！」とニース。

美人の双子が、ちょっとエロそうな美人の双子が、二人揃って僕の童貞を宝物のごとく扱っている！　ここまで来たら勝負はついたも同然であり、後はもう仕上げでしかない。巨匠の言葉を借りれば「刀を鞘に収めるだけ」に等しい。大崎夏帆の、伝説の唇はもう目の前だった。諸君、いや同志には正直に言おう、これは僕が免許皆伝を言い渡されてから記念すべき初勝利である！

　と僕がまさに勝利を確信した瞬間、突然モナコがスマホの時計を見て言った。

「ねー、もうこんな時間じゃーん、そろそろ私たちも帰ろっか」


　世界中の時計がなくなってしまえばいい。あの夜、シンデレラも王子も、そう思ったはずだ。いまの僕と同じように。

モナコに言われてスマホを確認したニースも「あ、ほんとだ」と声を出した。

「え、いや、あのちょっと待って、だってまだ……」

と確認した携帯電話は午前三時を示していた。遅い、たしかに遅すぎる。気づけばニースは口を閉じたままあくびを噛み殺しているし、モナコにいたってはなんの遠慮もなく、ピッコロ大魔王が巨大な卵を産み落とすようなえげつない口の開き方で、ゆるい息を吐き出している。

「よし、このお水飲んだらいこ」

とニースが言って、水の入ったグラスをモナコの口元まで持っていった。無脊椎動物のような緩慢な動きで、酔っ払ったモナコがごくごくと水を飲み込む。その様子を見ながらふつふつと、やがて盛大に、僕の中でモナコへの怒りがこみ上げてきた。

いやマジでなんてことしてくれたんだよ、この泥酔女は！　もう僕は勝利目前だった。口説き落としていたようなものだった。だいたいモナコがアルコールを自制してればこんなことにはならなかったんだ。試合はもっとスムースに進んでたし、中途半端な形で夜が終わることもなかったはずだ。ふざけんなモナコ！　ここまで酔っぱらいやがって、あんだけ酒がつよいとか言ってたくせにこのザマじゃないか！　バーカ、バーカ、たしかに美人だしちょっとエロそうだけどバーカ！　帰るならひとりで帰れ！　と、心の中でモナコに対する呪詛を書きつけた札を山のようにこしらえて、一箇所に集め、火を放り投げて燃え上がった炎が夜空まで届くほど巨大になったその周囲で、小さな僕が小さな僕と手を繋いで輪を作り中心の炎に向かって「バルス」と唱えているときに、巨匠の言葉を思い出した。

——気をつけるのだ、若き恋侍よ。どれだけ酒が強かろうが、弱かろうが、それはあくまで『酔っ払う』までの時間の違いでしかない。酒の強さと、酔った後の酒癖の善し悪しは、まったく無関係であることを忘れるな……。

この世界には、酒癖のいい人と、酒癖の悪い人がいる。

あるいは、美しい酔い方と、汚い酔い方がある。

もし、不運にも酔い方が汚らしい女の子と当たってしまった場合、僕らの恋愛試合はかなり変則的になる。トゥルーエンドまでの分岐は多くなり、そのぶん勝利までの道のりも遠くなる。そして最悪の場合、相手が酔い潰れてしまったなら、先ほど話したようにそこで試合は終了だ。酔い潰れた女の子をどうこうしようなんていうのは畜生のみが選ぶ所業だからだ。

だからこそ僕らは酒のペースやつまみの好みを冷静に分析して「この女、このままだと三十五分後に泥酔、九十七分と三十秒後に酔い潰れるぞ」と思ったときには、僕らのほうで酔い潰れないように注意深く酒量をコントロールしなければならない。それが試合の主導権を握るということなのだ。

今回で言えば、モナコは酒が強い上に、酒癖が最悪だった。本来であればそのことをもっと早くに察知して、ふだん以上にシビアな酒量コントロールをすべきだったことになる。

などと考察している間に、ニースが右手を上げて、お会計のハンドサインをバーテンダーに送った。

つまり、これで制限時間一杯。僕の失われた青春時代を象徴する大崎夏帆との再会はこれにて終了だ。

すべてが終わった。

あとボトル一本、いやグラス一杯分の猶予があれば、モナコでもニースでも口説き落とせる自信はあった。なんたる悲劇、なんていう無情、この残酷な物語にメロディをつけて歌詞をそえたら劇団四季も興味を持って公演してくれるんじゃないだろうか。と心のなかで小さな僕たちが手に手を取って『夢やぶれて』を泣きじゃくりながら大合唱しているときに、信じられないような奇跡が起きた。

「てか、私、ひとりで帰れるからニースは残っていけば？」

まさかのアディショナルターイムッ！　耳を疑うようなモナコからのアシストだった。

「えー？」

とニースは即座に答えたものの、もちろんこの場合の「えー」は「エー」、つまりアルファベットで格付けを示す際の「A」であり、モナコの提案への賛成度を最高ランクの「A」かそれに次ぐ「B」で迷っているけれどもやっぱり「A？」であることは間違いないとみていいだろう。アディショナルタイムで勝負が決することは往々にしてある。最後まで走り抜け、命ある限り。

「ほんと、私ならすぐそこでタクシー拾えるし」とモナコは人差し指で天井を指しながら言った。

「えーでもなぁ」

「モナコの言うとおりだよ、せっかく会えたんだし、もうすこし飲んで行こうよ」

「うーん」

「それにここまできたら始発待ったほうが早いんじゃないかな」

「んー、どうしようかなぁ」

「いいじゃん。それにまだ二人のどっちが同級生の大崎夏帆か、教えてもらってないし」

「そう言われれば、まぁ、たしかに」

この一手。瀬戸際であるにもかかわらず、相手を引き留めながら「大崎夏帆がどちらなのか問題」を決着させようとする貪欲さ。これが恋愛示現流免許皆伝者の侍魂だ！

あと一押し、いや、あと半押しだ。

ニースが考えているあいだにバーテンダーが会計伝票を僕の所に持って来た。「同級生なんだし三人で割ろうよ」とモナコが酔っぱらいながらも善意をみせる。誤解してたよモナコ、お前、いい奴だな、と心のなかで僕はうなった。

実際の所、もはや男女間の給料格差なんてほとんど存在しないような現代で、飲み代を男一人が持つなんていうのは時代錯誤もいいとこだ。男女同権の立場から言っても「男がデート代を全額支払うべし」という思想は、男性への差別に他ならない。そんななか「同級生だし」という誰もが納得できる正当な理由をもって「割り勘」を申し出る女の子は、これ以上ないほど健全で建設的な精神の持ち主といえる。たとえ彼女が絶対に、絶対に絶対に絶対に割り勘負けしないほど暴飲していたとしても、だ。

だけど、僕にとってはここが最後の勝負所だった。

「モナコ、ありがとう。じゃあ、また次のときには出してもらうよ」

僕は伝票ホルダーに自分のクレジットカードを挟んだ。まるでここがマンハッタンの二十六時だと錯覚させるスマートさだった。ちらりと見えた伝票の数字は、明日から一週間はキャベツスープだけで生活していく覚悟を突きつけてくる金額だったけれど、僕はそれでもかまわなかった。チャーリーだってその生活を乗り越えてチョコレート工場に招待されたのだ。バーテンがクレジットカードを持って奥へ消えると「じゃあさ」とニースは悪戯好きの少女のように、小さな歯をみせて笑った。

「じゃあさ、落合くん。どっちが夏帆だと思う?」

「え」

「私とモナコ、どっちが本物の大崎夏帆だと思う」

「な、それは……」

「そうだよ、もうこれだけ話したんだからわかるよね」とモナコがのってくる。

「外したらむしろ非道いよね！」とニースもテンションを上げた。

「そうそう、私ものすごくショック受ける。同級生なのにー」

「私もー。同級生なのにー」

「で、でもさ、高校時代は僕らそんなに話したこともなかったし」

「それでも当てて。私とモナコ、どっちが大崎夏帆かを当てたら、私、ここに残ってニコライにつきあうね」

ニースが言うと、モナコは膝を組みかえてから笑顔で言った。

「いやどうせなら。もしどっちが夏帆かを当てたら、私たちニコライが望むこと、なんでも好きなことしてあげる」

その笑顔は、かつて高校時代に見た、水色のマフラーを首に巻いた少女のように輝いていた。

僕はようやく気がついた。

可憐な輝きから、残酷な影だけを取り除くことができないことに。


「ちょっと、落合くん？」

とニースに言われて我に返った。ほんの数秒フリーズしていたらしい。ただその数秒の間に、僕は永遠に続く日食を思わせるあの悪夢のような青春時代をまるまる再体験していた。

「あ、ごめん、わかった。ちょっと、ちょっと考えていいかな」

「いいよー、制限時間三十秒ね。その間にトイレ行ってくる」

と、まるで三十秒で用を足せるとでもいうようにモナコがトイレに立った。

僕は心で繰り返す。「なんでも好きなこと」とモナコは言った。

な・ん・で・も・す・き・な・こ・と、だ。

ちょっと不思議なことではあるんだけど、うれしすぎて、吐きそうになった。僕は今夜はじめて知った。僕らの世界の神龍《シェンロン》は、美しい双子の姿をしていた。それは週末の双子デーの中目黒に現れる。ここで大崎夏帆を当てることができれば、高校時代のアイドルの、伝説の無垢の唇を手にいれられる。

もうここまで来たら、どちらが大崎夏帆か当てるしかない。

やるっきゃない。

この二人のどちらが、高校時代の伝説的アイドル、大崎夏帆なのだろう。

ニースはどうだ？　ニースはつねに控えめで、にこにことと微笑んでいる素敵な女性だ。モナコと比べたら影は薄くなるかもしれない、しかしその内側には確固たる芯がある。ついつい飲み過ぎたモナコが隣にいても、ニースの自制心は自分のペースをきちんと守り通せる強さがあった。いわば清楚系酒豪。さらには僕の会話をフォローして、モナコの暴走をぎりぎりのところで食い止める女神のような優しさをも持ち合わせている。

美しく、穏やかで、知性的な彼女はまさに高校時代の大崎夏帆を彷彿とさせるもので、僕のお嫁さんにぴったりのタイプだ。

一方、モナコはウェイ系酒豪。盛り上げ上手で、すこぶる明るい。高校時代の大崎夏帆からはイメージがかけ離れているけれど、そのギャップがまた素晴らしい。それに泥酔していても男相手にきちんと割り勘を申し出る健全さを持ち合わせているし、まだ酔いの回りきっていないニースには「残っていけば?」という提案ができるくらい周囲に気もつかえる。

なにより自分たちを「モナコ」「ニース」と名乗りだしたのは、意外にもこのモナコだ。これは村上春樹《むらかみはるき》の『ねじまき鳥クロニクル』に出てくる姉妹、加《か》納《のう》マルタ・クレタの存在を知っていることは間違いなく、つまり実はモナコは知的な文学ファンであり、僕との共通言語を持ち合わせている美女ならば、僕のお嫁さんにぴったりのタイプだ。

迷う。死ぬほど迷う。迷いすぎてまた吐きそうだ。

とはいえ現実的に考えれば、もしモナコが大崎夏帆であった場合、それでも泥酔している彼女は家に帰ってしまう。店に残るのは高校の同級生ではなく、今夜会ったばかりの、初対面の女性としてのニースとなる。

それでいいのか？　だっておそらく僕と店に残ったニースは「あと一杯」と言いつつ二人でボトル一本を空けることになるだろう。それから「すこし夜風にあたろうかな」とニースが僕に提案して、夜の目黒川沿いを散歩することになり、どちらともなく手を繋いだ二人は赤信号の横断歩道の前でその後の人生の記念碑となるキスを交わすことになるだろう。頬を桃色に染めた彼女は僕のシャツの胸にその形の良い鼻を押し当てながら「まだＬＩＮＥのＩＤも交換してないのに」と恥ずかしそうにつぶやくに違いない。

「たしかに、まだＬＩＮＥのＩＤも交換してないね」と僕は答えるだろう。

「キスとＬＩＮＥの交換、どっちが先だったの？　なんて訊かれたらどうしよう、将来子供に」

「話せば分かってくれるよ。僕から話そう。人生には、どのルートを辿っても最後はそこを必ず通る、生まれたときにはじめから決められている、そういう種類のキッスがあるんだってことを。逃げ道のない、でも光り輝くようなキッスさ」

「素敵ね、恋侍って」

「なにを言ってるんだ。もう君だって立派な恋侍だよ」

その相手が、ほんとうに大崎夏帆じゃなくてもいいのか、初対面の相手でもオッケーなのか、それを良しとしてしまったら当初の僕の……

「決まったー？」

とモナコが戻って来た。「すごい、三十秒ピッタリ」と知らないあいだに携帯で時間を計っていたニースが言った。

「すごいっしょ、ちょっとコツがあんのよ」

「なにそのコツって。今度教えてよ～」

「ええよ～、でなに、ニコライ、決まったの？」

「……決まった」

「はい、それでは、ニコライくん！」

「…………大崎夏帆は…………ニースで！」

どちらも大崎夏帆の可能性がある。

そしてどちらも素晴らしいお嫁さんタイプなのだ。

だから、もう可能性で選んではいけないのだ。いちばん美しいトゥルーエンドから逆算した場合、大崎夏帆はニースとなる。

高校時代のアイドルの大崎夏帆は、大人になっても大人しくて控えめで、でもお酒が強くてすこしエロそうな美人だった。僕らは高校で出会い、でもその時は人生は交差せず、大人になったいまこうして偶然にも再会して、恋に落ちる。そして同級生達が夢にまで見た伝説の唇を、僕がついに手にいれるのだ。

ニースが夏帆であれば、すべてが解決する。ニースが夏帆であれば、やがて世界には平和が、僕には幸せが訪れる。

双子の美女はシンクロするように微笑んで、二人同時に僕の目を見た。

でも僕はその二人の笑顔を同時には見れない。

人はひとりの相手としか、視線を合わせることはできない。

なにかを手に入れるというのは、つまるところそういうことなのだ。

もし大崎夏帆がモナコだった場合、二人はこのまま立ち去る。ニースであれば、新たな冒険がはじまる。僕の口のなかはカラカラに渇いていた。後はもう神様の判断だ。女神様の御慈悲だ。ああっ女神さまっ、ウルドスクルドベルダンディー様！

「お願いします！」

とほとんど叫ぶようにして頭を下げた。

店内が静まりかえった。

あと一秒加えれば永遠と呼べるほどの長い時間に感じた。

やがて、首《こうべ》を垂れた僕の頭上から眩しい光輪が降りてくるように「ほっほっほっほ」とモナコの声が聞こえた。

「よろしい。されば二コライにニースを授けよう」

「……え、えぇっ？　マジっすか⁉」

「マジだよお、だって正解だもん。あたし眠いから帰んね」

「よかった……、ほんとうによかったっす」

「えなに、なに涙目んなってんの？」

「いや、ちょっと感極まって。これで僕は……」

「じゃあ夏帆もおやすみー」

「うん、おやすみ真帆ちゃん、一杯だけ飲んで私も帰るよ」

「そうしなねー。あんまり童貞からかっちゃだめだよー」

「え」

「いや、バレバレっしょ、くそ面白かったからいいけど」

「ちょ、ま、だから僕は……」

「あと夏帆、先月彼氏できたばっかりだから」

「う、嘘だ」

「ほんとだよーん」

「僕は、僕は信じないぞ！」

「ほんとよ、ほら高校んとき私たちと同じクラスだった斉藤秀和《さいとうひでかず》くん、覚えてる？」

「……サッカー部の？」

「うん。たまたまマッチングアプリで再会して。いま商社なんだけどね」

「勝者？」

「そう、さっきヒデにＬＩＮＥ入れたら、ヒデは落合くんのことは覚えてなかったみたいだけど」

「…………」

「またこんどみんなで集まって一緒に飲もうって言ってたよ、去年クラス会やった店で」

「……去年、クラス会？　そんなのあったの？」

「わすごいタイミング、ヒデからＬＩＮＥだ、あ、今から来るって！」

「なにー？　じゃあ私ももう少しだけ残ろうかなあ」

「そうしなよ真帆ちゃん！」

「そうするかー、ヒデに男紹介してもらう約束、はやく実行してもらわなきゃいけないいし」

「ちょっと、トイレに行ってくるね」

「おう、三十秒でもどってこいよー」

「……じゃあね」

「ちょまて、ニコライ丸、なんで鞄もってんだよ、てかそっちトイレじゃないって、おい、トイレ違うよ、てめー聞いてんのかそこ出口だぞ、このニコライ野郎！」

恋愛示現流免許皆伝、落合正泰。

「負けじゃねえ、勝ちへの途中!!」とバガボンドたる宮本武蔵《みやもとむさし》だって言っていた。僕は負けていないし、負けるときは死ぬときだ。リア充ども、せいぜい今のうちにこの世の春を謳歌してるがいい。だけど、真実の恋を、トゥルーロマンスを、ナチュラル・ボーン・ラバーズとして手に入れるのはこの僕だ。

「**口説かずに後悔するより、口説いてから後悔しろ**」

巨匠の金言はこうつづく。

「**後悔なき者に、栄光はない**」

ただ。今夜だけは、すこしばかり夜風が染《し》みる。

第二試合　対　加賀美凜子戦

　あなたは東京都渋谷区・渋谷駅にある道玄坂《どうげんざか》というエリアに足を踏み入れたことがあるだろうか。たとえ訪れたことがなくとも、名前くらいは耳にしたことがあるだろう。僕やあなたのように夜も好奇心が旺盛な男女が、渋谷界隈で痛飲した勢いで「あれ、もうこんな時間だ、とっくに終電なくなっちゃったなぁ」などとうわごとのように呟きながら、しかし明確な強い意志を持って流れ着くホテル街、それが道玄坂である。

　そこに立ちならぶほぼ全てのホテルは、ラブホテル、と一般的に呼ばれる性交利用を目的とされたセックス特化型の貸部屋だ。出張者や旅行者向けの宿泊施設というよりも、本質的には娯楽施設に近い。部屋の種類は実に様々だ。たとえばダブルベッドひとつしかない簡素な作りなのに、浴室にはベッドと同じくらい大きな豪勢なジャグジーがついているものがある。たとえばカラオケや、オンデマンド映画や、最新ゲーム機を完備している部屋もある。それぞれの部屋は南国風やサイバー風や高級旅館を思わせる純和風など、細かくテーマが設定されていて、各ホテル業者は客を惹きつけようと日々切磋琢磨しているのがこの業界だ。

なかにはシンデレラ城を模したような洋城風の建物もある。その城では全ての部屋でせっせと性交が行われているわけだ。まさに夢の国の象徴というものである。

これらラブホテルはセックス特化型貸部屋であるため、部屋の窓やカーテンが開かれることが前提とされていない。客が室内にいるときは、彼らは性交前か性交中か性交後のいずれかの状態だ。事業者側としても、不用意に窓から室内が丸見えとなったり、あんあんあんとっても大好き、とドラえもん主題歌と非常によく似たしかし非常に卑猥な声が外にだだ漏れして苦情をいれられるトラブルはできるだけ避けたい。そのため往々にして室内の窓は物理的に塞がれている。窓の周りに囲いが作られ蓋をされ、あたかも扉や戸棚のように誤魔化されて存在が隠される。

なぜ僕がそんなことを知っているのか？

それは僕が夢のなかでその扉を開けて、シンデレラ城の外側の世界を覗こうとしたからだ。

僕はただ、夜風を浴びたかった。

扉を開けて、その後はどうなっただろう。窓を開けたかどうか。いや、窓の鍵を開けることができずに、僕は扉を閉めて、悪態をついて、それからベッドに倒れ込んだのだ。ちょうど、今のような姿勢で。

僕は仰向けになって上半身を起こした。それにしても気持ち悪い。

サイドテーブルに手を伸ばして、ペットボトルの水を口に含んだ。

口の中の粘つきがミネラルウォーターに溶けて、食道を通って胃に落ちていく。ひやりとした感覚の後を追った。もう一口、さらに一口。ペットボトルの飲み口を唇から離し、息を吐く。唇の端から水の滴が垂れる。

その瞬間だった。僕の頭のなかに百八個あるライトのスイッチが、片側から順々に、高速でパチパチパチパチとすべてオンになっていった。強烈な白い光が、頭のなかを消毒するように眩しく照らした。思考が急速に、急激にクリアになっていく。そして僕は我に返った。

「……どこだここは」

ホテル、いやラブホテルのなかにいた。

僕はベッドに横たわっていて、すこし伸びかけた顎髭《ひげ》を手のひらで押さえていた。そうだ、ここは道玄坂のラブホテルだった。あれは夢じゃない、泥酔した僕の行動の記憶だ。記憶がすこしずつ蘇ってくる。そうだ、巨匠も言っていた。


——泥酔して記憶を飛ばすのは、恋侍の恥と心得よ。だが恋侍とて人間だ、ときには失敗や敗北もある。だからこそ、そのミスをいかにカバーするかが重

要となる。いいか若き恋侍よ、もし翌朝起きたときに昨夜の記憶を思い出せないなら、そのときは、必ず、次のことを思い出せ。

……と、その次のことが思い出せない！　なんたる不覚！　この僕としたことが、なんという醜態だ！

まさか、とそこで気づいて僕は体を覆っているシーツの下をのぞき込んだ。それから唾を飲み込んで、おそるおそるベッドの脇を見下ろしてみる。心臓はほとんど止まりかけていた。僕のパンツはそこに落ちていた。

――アルコールで飛んだ記憶は、往々にして酔いはじめる前の素面だった記憶から失われている。だが、それらの記憶は徐々に、順々に蘇ってくる。焦らなくていい。記憶を失ったときになによりもまず大切なのは、今この瞬間に意識を集中させて心を落ち着かせることだ。マインドフルネスだ。

そして安心しろ。どんな問題も、大抵は、取り返しがつく。

まさかホテルで、裸で寝ているなどということもあるまい……。

ホテルで裸で寝てた！

慌てて隣をふり返ったけれど、そこに人の姿はなかった。手のひらを這わせても、ベッドに温度は残っていない。しかし、僕の隣には確実に一人分のスペースがあり、その場所のシーツはくしゃくしゃに柔らかくなっていた。誰かがいた。その気配があった。

「あ痛っ」

姿勢を変えようと手をついたときに、右腕に痛みが走った。よくみると肘の少し上に痣《あざ》ができている。痣ができるほど強く打ったはずなのに、原因がまったく分からなかった。

思い出せ思い出せ思い出せ、とペットボトルに残っていた最後の水を飲み干した。僕は昨日の夜、アパレルの女の子にデートをドタキャンされて、中目黒の立ち飲み居酒屋に一人で入った。そこで高校時代のアイドルと再会した。大崎夏帆だ。大崎夏帆は双子で、昨日は双子デーだったから、二人はまったくおなじ服装をしていた、よし、いいぞ、思い出すんだこの調子だ。

「痛っ！」

今度はパンツを片足で手繰り寄せようとして、右足がつって痙攣した。

大崎姉妹はそれぞれモナコとニースと名乗った。なんだよモナコとニースって。村上春樹のマルタとクレタかよ！　いやこの件《くだり》も確かやったはずだ。とにかく僕らは飲みに飲んだ。二軒目のバーで終電がなくなり、ウェイ系酒豪のモナコが酔い潰れて先に帰ると言い出した。そのとき彼女は僕に双子チャレンジを提案した。

「モナコ、ニース、どちらが大崎夏帆かを当てることが出来たら、自分たちはお前の望むことを何だってやってやろう」

という、僕にとってはほぼノーリスクハイリターンの信じられないような提案だ。そして僕は熟考の末に清楚系酒豪のニースが大崎夏帆であることを見抜いて、その賭けに勝った。

そうだそうだ。それから、それからがどうにも記憶の色彩が薄れている。

ニースは僕と一緒にバーに残ることになったのだけど、彼女にはすでに恋人がいた。高校時代のアイドルは、もう他の男と交際していたのだ。しかもその恋人というのは僕と大崎夏帆の高校時代のクラスメイトで、サッカー部のエースだった斉藤秀和だった。現在は一部上場の大手商社に勤めているらしい。斉藤秀和は恋人のニースはもちろんのこと、その姉妹のモナコにさえ「ヒデ」と気安く呼ばれるほどの、姉妹と親しい関係だった。そうだ、そのヒデがこれからバーに来ると知って、僕は双子に挨拶もせずに鞄を抱えて店を飛び出したんだ。ごくごく一般的で正常な反応だ。なぜなら既にこのとき、僕が童貞であることが双子によって明らかにされていたからだ。そんな場所に高校の同級生男子、しかもかつてはエースポジションでありいまなお一部上場企業の大手商社勤務のゴリゴリの体育会系男なんかが来てみろ。僕がバーの天井から荒縄で逆さ吊りにされて店員の黙認の下に火あぶりに遭うことは決まっている。なぜなら僕が童貞であり、にもかかわらず彼の恋人を口説こうとしたからだ。彼らからすれば僕は法治国家日本の現行法で裁けない重罪人となる。

そう確信して、僕は店を出た。

だが、恵比寿から渋谷方面に向かって歩いていたときに、後ろから近づいてくる足音が聞こえた。ニース……、いやモナコだったはずだ。

「ニコライ、なに勝手に帰ろうとしてんだよ。さっきまで朝まで飲む気まんまんだっただろ！　逃がさねーぞこのやろう」

こんな言葉づかいをニースがするはずがない。

……思い出した。あのとき、ゲラゲラと笑いながらモナコは僕のシャツの首元をひっつかんで、引きずるようにバーに向かって歩き出したんだ。僕は抵抗して、しかし酔っていたために力が入らず、足がもつれて転んでしまった気がする。そのときガードレールに体をぶつけたためにできたのが、この右腕の痣ではないだろうか？　しかしそんな僕の抵抗も空しく、モナコはサッカーボールでも蹴飛ばすように僕を転がしてバーまで連れ戻した。

「ごめんねニコライ、無理しなくていいからね」

ニースが申し訳なさそうに謝った。

「いや、なにも言わないで帰るニコライが悪いっしょ。ちょっとからかっただけじゃん。お前が双子チャレンジに勝ったんだしさ、ちゃんと約束通りニースと二人で飲んでから帰れよ。こういう貸し借りとか約束とかをうやむやにすんの私、嫌いなんだよ。な？」

モナコは僕の背中を叩いて言った。

どうやらニースの恋人の斉藤は来ないことになったらしい。それで僕らはまた三人で飲み直すことになった。でも当然ながら僕のテンションは前のようには高まらず、またモナコも眠気がぶり返したようで無言になった。なんて勝手な奴だ。彼女の気まぐれで僕を店まで呼び戻したものの「気持ちわる、帰る」とモナコが口元をおさえて立ち上がったのは僕が戻ってから二十分も経った頃だろうか。

それから僕とニース、いや僕と大崎夏帆は、ボトルに残ったワインを飲み干すまで、二人で言葉少なく一緒にいたはずだ。いったい何を話していただろう？

　というか、ちょっと待て。

　待て待て待て、僕は最後にニースと、清楚系酒豪と、あの高校のアイドルの大崎夏帆と二人で飲んでいたんだ。それがなんで、こんな状況になっている？あの後、誰と、どこで、どんなことが起これば、今の僕の姿に繋がるというんだ？

　とそのときに、部屋の向こうでカチャッという音がした。

　扉が開く音だ。

　腕に鳥肌が立った。僕はまだ右足がつっていてパンツさえ身につけていなかった。開いた扉から誰かが出てきた。遠くの世界がぼんやりと滲んでいる。ようやく自分が眼鏡をかけていないことに気がついた。

「起こしちゃった？」

　う、と声が漏れた。

　顔が見えない。なにを話していいのか分からなかった。

枕元を手でまさぐって、なんとか眼鏡を見つけた。

鳥肌が全身に広がっていった。そこにはシャワーから出てまだ湯気が上がっている、髪にタオルを巻き付けて、体もタオル一枚で覆っている女が立っていた。

肌は白磁《はくじ》のように滑らかだった。頬がシャワーの熱気で桃色に変わっていた。うなじから肩への美しい曲線は、かつて偉人が描いた完璧な黄金比を連想させた。そしてデコルテ。彼女の鎖骨は美しいだけでなく、色っぽいだけでもなく、なんというか、そこから透明に輝く泉がこんこんと湧き出しているような力強いエネルギーをも感じさせた。こんなに美しいものを僕はうまれてからこれまで見たことがないと思った。

そして僕はいま裸だった。

「気持ちよかったよ、シャワー。ニコライもどう?」

ニースが微笑んだ。

僕は裸のまま、ベッドから転げ落ちた。そして足元に転がっていた下着と服と靴と鞄を無理矢理かき集めて腕に抱えた。

「ごめん」

それからシャワールームの横を突っ切って、ドアを開いて部屋を飛び出した。

廊下には腕を組んだ中年カップルの姿があった。これから部屋に入るところだったのだろう、カードキーをドアにかざしているところだった。二人は裸の僕の姿を見て、まるでワインを瓶ごと飲み込むような大きな口を開け驚いた。

僕はエレベーターのボタンを連打して、到着までの間になんとか下着とスキニーパンツだけは穿《は》けた。エレベーターの中で抱えていた衣類を全て身につけ、一階に着くと同時に表の通りに駈けだした。

土曜日の朝の道玄坂で、烏の群れが道端のゴミを突《つつ》いていた。

その日の昼にモナコからＬＩＮＥが入った。

——昨日は楽しかったね。どこも痛くない？　ニコライはちゃんと帰れた？

泥酔しているときはまるでヤンキーのような口調だったが、素面のときのモナコは気さくな常識人だった。そして体の痛みを気にしているということは、やはり僕は外に出たときにモナコの前で転んだのだろう。酔っ払いが酔っ払って酔っ払いらしく転び、挙げ句の果てに記憶が飛んでいるなどということは恋侍にとって恥以外の何物でもない。僕は腕の怪我の部分についてはそれっぽく感謝を伝えてモナコに返信した。

——こちらこそ最高に楽しかった！　ありがとう。ちゃんと帰って来ました。

そう、「ちゃんと帰って来ました」だ。

僕は何も嘘はついていなかった。何ひとつ偽っていなかった。ラブホテルからちゃんと帰ったから「ちゃんと帰ってきました」、と正直に、どーんとまっすぐに返事をしただけだ。それなのに。

僕はなぜか、人生で最も重い嘘をついてしまったようなひどい罪悪感を感じた。

一方で、ニースからはなんの連絡もなかった。

昨夜、僕とニースの間で何があったのかを、僕はどうしても思い出せなかった。何かがあったことは確かだ。僕らは酔っ払っていて、気がついたらラブホテルにいた。僕は裸で、ニースはバスタオルを巻いてシャワーから出てきた。しかも彼女は、僕が裸でいることに、なにも驚いた様子はなかった。何故だ。

本当ならすぐさま彼女に会ってすべてを教えてもらいたかった。

僕はモナコに返信を終え、それからサラダを食べたり、サウナに行ったり、本屋へ寄ったりしながら夕方まで待った。ニースからは何の連絡も無かった。
そして恐る恐る自分からニースにＬＩＮＥをいれた。

――昨日はありがとう。あんな再会があるんだから、人生は楽しいね！　また近いうちに会いたいな。

あなたにもおわかりだろう。完璧な連絡だった。
送り終わった後に「完璧だ」と思わず呟いてしまうほど完璧だった。前向きな感情と感謝を伝え、次のアクションへの土台を作る。それをこれ以上ないくらいシンプルに伝える。これこそが恋侍に求められる文章技法だ。長い文章よりも、短く研ぎ澄まされた文章のほうが難易度が高いのは、恋侍を目指すあなたもご存知の通りだ。言葉は鎖だ。あなたの気持ちを一方的にだらだらと長文で送りつけることは、相手の感情にぐるぐると太い鎖を巻き付ける行為に等しい。それだけで相手はあなたを重く鬱陶しく感じてしまうだろう。お互いを深く知らない恋愛初期ならなおさらだ。

それなのに、凡庸な人間はどうしても文章を無駄に長くする。ましてや女性のことをセックスの対象としか見ていない頭蓋に海綿体が詰まっている体育会系出身上場企業営業マンにいたっては、僕が打つ文章など何度生まれ変わっても身につけることができないだろう。彼らはふだんの仕事メールでも要領を得ない長文を書き殴り、長文を書き殴るからこそ仕事に余計な時間が掛かり、仕事に時間が掛かるからこそ「仕事のできないバカ」、あるいは単純にキュッと縮めて「バカ」と陰で呼ばれるようになる哀れな男たちだ。まずはその汚らわしい身を滝で清め、写経のごとく僕のメールをありがたく書き写すがいい！　これが本当の意味の写メールだ！　わかったかこのくそリア充ども！

……とにかく。僕は全身全霊で、完璧なＬＩＮＥをニース・大崎夏帆へ送った。高校時代、読書研究会という薄暗い部室でバルザックから綿矢りさまでを読みに読んだこの僕が打ったＬＩＮＥだ。ニースの胸にきちんと届いているはずだった。

しかし。ニースからのリアクションは、何時間もなかった。トーク画面を開くまでもなく、一覧画面から文章の内容がわかるというのに、だ。

夜になってようやく彼女は既読をつけ、さらに三時間はなんの音沙汰も寄越さなかった。そのせいで僕は自分の文章を九百回ほど読み返すことになった。

――昨日はありがとう。あんな再会があるんだから、人生は楽しいね！　また近いうちに会いたいな。

もっと好意を伝えたほうが良かっただろうか。

ラブホテルのことに言及したほうがよかっただろうか。

あるいは絵文字やスタンプを多用して華やかにしたほうが良かっただろうか。

完璧だと思っていた文章を、いますでにリア充どもが写メールしているはずの文章を、僕は脳が焼け焦げるほど深く読んで考えた。

ニースから返信が返って来たのは深夜一時を過ぎた時間だった。

それがこの文章だ。


――こちらこそありがとう！　みんなすごく酔っ払ったねー！　楽しかったよ！


絵文字は一切なかった。無料スタンプがひとつ、投げつけられた参加賞のように押されていただけだ。

恐ろしかった。ニースの恋愛スキルを、僕はおそらく舐めきっていた。

僕のほうが遥かに高度で難易度の高い恋愛技術を持っていると高をくっていた。だけど、ここにきて僕はニースのリアクションがどのような心の動きから行われているのかを、なにひとつ理解できなかった。

問題は「みんなすごく酔っ払ったねー！」の部分だ。

最初、この一行はラブホテルでの出来事を「酔って犯した過ち」として処理しているように思えた。なぜなら彼女は僕からの「また近いうちに会いたいな」を完全にスルーしているからだ。わざわざ「近いうちに」と僕が踏み込んでいるにもかかわらず、彼女は答えない。恋愛技術で言うならば、これは「暗黙の拒否」と呼ばれる受け身の取り方だ。

彼女は僕と会う気はない。

その理由が「みんなすごく酔っ払ったねー！」であり、酔ったからこその過ちであり、だからこそ無かったことにして忘れるべき出来事なのだ。

一見、ひどい対応に見えるかもしれないが、彼女に恋人がいることを考えれば、まっとうな答えであるとも言える。これをふまえると、彼女のLINEの本当の一文は次のようになる。

——こちらこそありがとう。ラブホテルであんなことがあったけど、私たちすごく酔っ払ってたし、間違いなんて誰にでもあるし、まぁお互いにいい大人っていうことで、きれいさっぱり忘れて生きてこ。もう二度と会うことはないけど、元気でね。あそうだ！　あと、もう連絡してこないでね！

ただ、これだと最後の「楽しかったよ！」のニースの言葉が、どうにもうまく翻訳できない。なぜなんだ、この「楽しかったよ！」はどういう意味なんだ、と考えているうちに、僕の頭にはまたもうひとつ、違う推理が浮かんできた。

そもそも「過ち」はなかったんじゃないか？

あれだけ飲んだ夜だ。僕だって自分の許容量の限界ギリギリだった。というか、実際に記憶を飛ばしているんだ、限界を超えていたと言っていい。そんななか、僕の男性機能が不全に陥ることは充分に考えられる。

勃たなかった。

ひと言で言うとこれである。だとすればニースのＬＩＮＥの意味合いはまったく変わってくる。「すごく酔っ払ったねー！」は機能不全へのフォローだし、「私も楽しかったよ！」は、「（おまえ勃たなかったけど、それはそれとして）楽しかったよ！」というこれもフォローの一文となる。そしていずれにせよ、僕の「会いたいな」は完全に無視されているが故に、全文を訳すと次のようになる。

——こちらこそありがとう。勃たなくてふにゃふにゃで使い物にならなかったし、そんな性器は水切りされていない生ゴミ以下だと思うけど、でもすごく酔っ払ってたし仕方ないよ。気にしなくていいからね。というかそもそもラブホテルに行ったこと自体間違いだったわけだし、あやうくお前の童貞とかっていうくそ重たいものもらっちゃうところだったから、むしろ感謝してる。お前の不全に感謝してる。そういう意味での「こちらこそありがとう」ね。なんか最後も裸で飛び出していったし、なにあれ、超ウケたんですけど。しかも足ってたでしょ⁉　ほんと面白いものを見れて楽しかったよ！　あそうだ、あと二度と私に連絡してこないでね！

死にたい。

死なせて頂きたい。

もちろん、このニコライ訳が過剰に自傷的な表現を含んでいるとは言え、事実で言えば「酔った流れで入ったホテルで、酔ったためにペニスが勃たずに、朝起きて裸で逃げ出した」わけであり、充分にトラウマ級の惨事だった。たしかに僕が出てくるとき、周囲にコンドームが見あたらなかった。どれだけ酔っていたとしても、僕が避妊具を装着しないなどということは考えづらい。だとしたらこの事実は仮説を補強する。

♫大崎ニースとホテルに行った、ニコライさんたら勃たずに逃げた♫

という童謡『やぎさんゆうびん』のメロディに乗ったフレーズが延々と頭のなかに流れ、ラブホテル事変から一週間経ったころに、不眠は絶頂を迎えた。

僕が巨匠の元へ赴いたのも無理はない。

もう僕の手に負える範囲を超えていた。

日本が誇る最高学府、国立皇都《こうと》大学で巨匠は数学の教鞭を執っている。数学の世界では知らない人はいないと言われる極東の天才だ。だが巨匠に言わせればそんなものは仮の姿であり、真の彼はあなたも知っているとおりだ。

巖流《がんりゅう》、二天一流《にてんいちりゅう》、夢想流《むそうりゅう》、北辰一刀流《ほくしんいっとうりゅう》、直心影流《じきしんかげりゅう》、天然理心流《てんねんりしんりゅう》……。数多ある恋愛武士道の流派においても、孤高にして最強と名高い恋愛示現流、その宗家、家元こそが、彼の真の姿である。家元と呼ばれることで周囲に身バレすることを嫌う彼は、僕に気安くファーストネームで呼ぶように言いつけた。

――三条《さんじょう》巨匠。これが彼の本名だった。

「せめて三条さんと呼ばせてください」と当初は家元になんどもお願いしていたが、彼は下の名前で呼ばせることにこだわった。もっとも名前が名前だけに、敬称のようにも響くため、慣れてくれれば心理的抵抗が低いのも事実だ。

「久しぶりだな」

巨匠は笑顔で迎え入れてくれた。彼は最後に会ったときと何一つ変わっていなかった。背は標準よりも低いが、姿勢が良いため体の小ささはさほど感じない。髪はついさっき美容院からでてきたようにこざっぱりとしていて、清潔感に満ちている。父親のように優しく、子供のように好奇心に満ちた瞳。ボタンダウンのシャツにシングルノットのタイ、そしてチャコールグレーのベスト。彼は大学の敷地内の散歩道を一緒に歩きながら、僕の話を聞いてくれた。

三十分ほどかけて一部始終をだまって聞いていた巨匠はひとこと「なるほど」と呟いて、近くにあったベンチに腰をかけた。僕もそれに倣って隣に坐った。それから「ひとつだけ聞く。若き恋侍よ」と巨匠は僕をふり返って言った。

「その女とどうなりたい?」

僕はとっさに答えられなかった。それを見て、巨匠は「ふむ」と肯いた。

「お前はもう免許皆伝だ。自分を信じていればいい」

「自分が信じられないときは?」

僕の後ろを体育会蹴球部と思われる部活の生徒が二列縦隊を組んで走って行った。1、2、1、2、という掛け声が遠くなるまで巨匠は固まったように動かなかった。

「酔ったときの自分を、完全には信じられません」

「というと？」

「恋愛示現流では、セックス目当てで女性を誘い出す、あるいは酔い潰すなど一発破門の御法度です」

「ヤリモクか。邪道ですらない、非道の所業だ」

「でも酔って記憶を失った自分が、果たしてそうなっていなかったか、自信がありません」

「ヤリモクには分かりやすい四つの傾向があるな」

はい、と僕は肯いて、背筋を伸ばして巨匠に答えた。

①犯罪に迫る、または一線を越えるレベルで女性の体に触れまくる。
②判断力を鈍らせるために、やたらと酒を勧めて飲ませる。
③無闇に褒めて褒めまくり、女性の気分を高揚させる。

④終電の時間や明日の朝の予定など、制限時間を気にして動く。諸君も覚えておくがいい。これが非道の働きだ。

「その通りに接した自覚があったのか?」

「いや、記憶がなくて。もし、あんな無様な姿をさらして、そのうえでヤリモクだと思われていたら、という自己嫌悪に囚われています」

「ふむ」ともういちど巨匠は言って、それから大きく息を吐いた。

「若き恋侍よ、お前は大崎ニースと寝ていれば良かった、と思うか? それとも寝ずに済んで良かったと思うか? どちらだ」

こんどは反対側から、男女混合の二列縦隊の学生が走ってきて、通り過ぎて、去って行った。規則的な足音が心地よかった。僕の学生時代にはまったく無縁の集団なのに、なぜかとても懐かしかった。やがて人の気配は消えてしまい、鳥の鳴き声だけが僕らに寄り添った。僕はきつく目を閉じて、開いて、そして巨匠に答えた。

「寝なくて良かったです」

「なぜだ」

「もし寝ていたら、僕やニースだけじゃなく、高校時代の僕やニースまで台無しにしてしまう気がするから」

僕が言うと、巨匠はなんどか肯いてから「安心したよ」と微笑んだ。

「だとしたら、だ。いまお前に必要なのは合わせ鏡だな」

「……なんですかそれは」

「お前はまだ、年上の女と恋愛試合を組んだことはないな」

「はい。でも対年上女性用の特訓ならこれまでになんども……」

「修行は修行だ。実戦とは違う。近いうちに試合を組むがよい」

「年上の女性とですか……」

「年上女性は、戦い方が同い年とも、年下ともまったく違う。少なくとも五歳以上の年齢差が、いまのお前には必要だろう。これまでとはまったく異なる、厳しい戦いを強いられるはずだ。あるいは追い詰められることになるだろう。

双子のことなど忘れるほど、一心不乱に戦うのだ」

「でも五歳以上といえば、一世代上じゃないですか。僕には年上の知り合いが……」

「アプリを使えっ！」

くわっと両眼を見開き、まるで雷鳴のような激しい声で巨匠は言った。

「アプリを使うのだ、若き恋侍よ！」

「アプリ……出会い系の……」と僕は背筋を震わせた。

「そうだ、出会い系マッチングアプリは、恋愛世界を一変させた革命的なテクノロジーだ。三十年前までは考えられなかったような恋愛試合をたかだか数分でマッチメイクする。その効果は知っているか？」

「……自分の社交範囲外の相手と、すぐに試合を行えるところでしょうか」

僕が答えると、巨匠は静かに肩を落として首を振った。

「その程度の洞察なら、お前もまだまだだな。これまでにアプリは何度使った？」

「免許皆伝前に、二、三度ですが」

巨匠は顎に手を当てて、口を覆うように顔をさすった。それから僕にふり返った。

「そのアプリを今一度使うのだ。プロフをより具体的に書き込んで使うのだ。そして人差し指をディスプレイに載せ、楽団を鼓舞する指揮者のように、優雅に、力強く、お前の指を左右に振るのだ」

「出会い系のアプリで、一世代上の女性との恋愛試合……」

「案ずるな。迷ったときは修行を思い出せ」

「……すべての大人は、破れた地図を持っている」

僕は修行していた頃に巨匠に教えられた言葉を口にした。

巨匠は両手を腹の上に載せて足を組んだ。僕は自分の人差し指を眺めた。耐えがたいほど暑かった今年の夏はもう終わっていた。ベンチは背後の大樹の陰に抱かれていた。遠くで女子大生の笑い声が聞こえ、歩道には心地よい秋の風が吹いていた。

「でも……それがニースとの一夜となんの関係が……」

「すこし、眠る」

巨匠はそう言って目を閉じた。


「落合、今日はもう上がり？」

僕が帰り支度をしていると、隣の部署の二《に》階《かい》堂《どう》武《たけし》から声をかけられた。三十代前半の企画部のマネージャーだ。

「はい。企画部に頼まれてた今月の資料もさっきスラックに投げておきました」

「お、サンキューな。いつもいつも早いね仕事が」

「期日は今日だったんで、ギリギリですよ」

「今日はまだ六時間もあるじゃん。すげー早いって、助かるよ」

花形部署で活躍する精悍《せいかん》な男で、既婚の子持ちだ。身長は百八十センチに迫る長身だった。

「俺が若い時なんて遊ぶのに夢中で、期日が今日の資料でもその日の夜から手をつけるなんてのがふつうだったわ」

「僕はただ〆切に遅れるのが怖いだけですよ」

「ひゃー、真面目だね。うちの部署の若いのも、真面目に仕事する奴が多いんだよな。もう俺が教えることなんて何もねぇくらいにしっかりしてる」

「気づかないだけで、いろいろ教えてもらってると思いますよ」

「そうかぁ？　よく分かんねぇんだよなぁ。みんなろくに飲みにも行かないしさ。これが世代の差ってやつかなぁ」

二階堂は笑った。

肩幅が広く、胸板が厚く、週三回以上の筋トレを欠かさず行っているのがスーツ姿からでもわかった。気さくな人柄も相まって、既婚にもかかわらず社内の女性からも人気の先輩だ。愛妻家として同期の男性社員からもやっかみ半分の冗談をよく言われている。そんな愛妻家既婚男性が、独身者を差し置いて女性人気を獲得するのだから、世界から凶悪犯罪がなくならないのは仕方がないように思う。

二階堂は高校と大学でテニス部だったらしい。

スポーツマンの人気者とくれば本来なら僕の苦手ど真ん中のタイプだが、二階堂は不思議と話しやすい先輩だった。そのことについて理由を考えたことがあるけれど、いまのところ僕の推測は、彼がテニスサークルではなく、非常に規則の厳しい体育会庭球部《テニス》部に所属していたことに原因があるのではないかと思っている。

彼は大学時代、遅刻を繰り返したことで上級生の逆鱗に触れ、テニス部のくせに丸坊主になんどもされたと言っていた。そのせいで女性からはまったく相手にされないどころか、馬鹿にされた学生時代を送っていたらしい。長髪で爽やかにテニスをしつつ、異性間交友を余すところなく満喫しているテニスサークルの男たちが羨ましかった、とかつて社内飲み会で昔話を語っていた。

「あれは俺の暗黒時代だった」

他の社員たちは二階堂の告白を笑い話として楽しんでいたが、僕はそのとき彼の瞳の奥に、異性間交友を満喫していた者どもへの果てしない憎悪の炎が揺れるのを見た気がした。たしかに青春難民とは呼びがたい、精悍なスポーツマンではある。しかし彼が非モテ丸坊主時代に舐めた辛酸に、僕は自分と同じ匂いを感じていた。彼の瞳に見えた炎は、僕の胸を焼き尽くしている業火と同じ種火から灯されているはずだった。

そんな彼が、いまでは社内の女性の人気者だ。しかも既婚者。

非モテ丸坊主からの大逆転を成し得たことを考えると、彼ももしかするとどこその流派で鍛えた恋侍なのかもしれない。それならば二階堂は僕のロールモデルとすべき人物なのではないかと思うことさえあった。

「落合、このあとは何か予定あんの?」

「はい」

「くー、その即答で断るところも今どきの若者だな」と二階堂は戯《おど》けた。

「すみません」

「いや、謝んなくていいよ。もし空いてたらメシでも行かないかなと思っただけだから。そういえばお前とはゆっくり飲んだことなかったしな。酒に詳しいって話も聞いてるし。うちの部には飲める後輩がいないから、たまにはこのオッサンと付き合ってくれ」

嬉しい誘いだった。もし僕に予定がなかったなら、一緒に飲みに行っていろいろ探ってみたいところだ。ぜひまた今度お願いします、と僕は微笑んだ。

「そうするよ。ま今日は金曜だしな。これからデートか？」

「え、いや、あのデートというか……」

「ははぁん、彼女じゃないのか」

「恋人はいないんで」

「じゃ合コン？」

「合コンじゃなくって」

「あぁ、なんだそっかそっか、いいよいいよ恥ずかしがんなよ」

「恥ずかしがってないですけど」

「またまたぁ」

「なんですか」

「お見合いパーティーだろ」

「遠くなりました」

「ならわかんねぇよ！」と二階堂は楽しそうに大声を出して笑った。

僕はここでふと、巨匠の言葉を思い出した。

——**すべての大人は、破れた地図を持っている。**

僕らはみな、必死で生きている。生き延びている。不甲斐ない自分に傷つき、挫け、ときには夢をあきらめて、それでも心を奮い立たせて再び一歩を踏み出すことで、日々をサバイヴしている。途方もない苦境のなかで現実逃避をすることだってある。その時間を「暗黒時代」と後になって表現する人間もいる。大事なのは「あれは暗黒時代だった」と回顧できる人間は、すでにその沼地から足を出して生き延びた生還者だという事実だ。

破れた地図とは、巨匠らしい詩的表現だ。

人に破かれたのか、自分で破いたのか、不完全な地図では目的地に辿り着けなかった。でもいままた新しい人生の冒険に出ている。破れた地図はいまも胸のポケットにしまって。

逆に言えば破れた地図を持っているからこそ、その人は大人と呼ばれるのだ。

恋侍たるもの、学べるものは全てを吸収したい。

「二階堂さんって、僕ぐらいの年齢のときってどんな恋愛してたんですか」

「お前すげぇな」と二階堂はおかしそうに言った。「もう一度言うわ、お前マジですげぇな。そんなの素面で、しかも会社で訊く話か？」

「すみません、ちょっと気になったから」

ふん、と彼は鼻息を吐いて、それから逞しい二本の腕を胸の前で組んだ。

「たく、ほんと若ぃ奴って理解不能だわ。まいいけどさ。お前くらいの歳なぁ。そうだなぁ、年上のお姉さんと付き合ってたなぁ」

「年上！　年上ですかっ！」

「なに驚いてんだよ、そんな不思議じゃネェだろ」

「そうですね」と僕は咳払いした。

「すげぇいい女だったわ。二年くらい付き合って、いろいろ教えてもらった。落合、いい女って言うのはな、いろいろ教えてくれる女のことを言うんだ」

「下ネタですか？」

「違ぇよ！」

二階堂は笑う。この人はリアクションがいちいち大きい。それゆえ感情が理解しやすく、気を遣ったりへんな詮索をしなくていいぶんコミュニケーションの負荷が低い。だから皆も話しやすいのだろう。

「じゃあ、二階堂さんはその人と結婚したんだ」

「いや、別れた次の女がいまのカミさんだよ」

「そっか」

「いやー、久々に思い出したわ。もしその彼女と結婚してたら、俺どうなってたかなぁ」

二階堂は言った。僕の答えを待つわけではなく、独り言のように呟いただけだった。その表情にはどんなリアクションも浮かんでいなかった。彼は組んでいた腕を解いて、右肩をくるくると回した。

「なつかしいな。久しぶりに思い出したわ」

「変なこと訊いてすみませんでした」

「まったくだ。変な奴だなお前。ま、いずれにせよ女に会うならこれ持ってけよ」

そう言って彼は僕の手を取って、手のひらの上に未開封のガムを置いた。なんの変哲もない、コンビニのシールが貼られているクロレッツだ。

「ちょうど下で買ったばっかだから」

「ありがとうございます。でもなんで?」

「お前に教えてやれることがあって良かったよ」

そう言って二階堂は僕の二の腕を摑んだ。

「男なら、いつでもキスできる準備をしとけ。どこでも、どんなときでもな」

この男、やはりどこぞの流派の人間かもしれない。と、僕がクロレッツに視線を落としている間に、彼はポンと僕の腕を叩いて行ってしまった。僕のポケットに未開封のフリスクが二ケースも入っていることも知らないまま……。

しかし、これは二階堂武からのエールだ。お互いよく知らない相手にもかかわらず、こうして助言とプレゼントまでくれる二階堂に僕は感謝と敬意を抱いた。ありがたく受け取って今夜の恋愛試合に臨もうと気を引き締めた。


恋愛試合の待ち合わせは、新宿駅前だった。

諸君と同じように、僕も試合の前には必ず身だしなみを整える。ただし、おそらく身だしなみに対する覚悟は、一般人と恋侍とでは雲泥の差がある。

この機会に、恋愛試合に臨む際の身だしなみについてすこし教えておくとしよう。場所は人が少なく洗面台が大きく全身を確認できる姿見のある所が望ましい。もし試合会場の近くにホテルがあるならば、すこし足を伸ばしてでもそこまで行く価値はあるだろう。パーティー会場としても利用されるような中型以上のホテルならば洗面台の間隔が広く贅沢にとられていることが多く、身だしなみを整えていても不自然でない。駅の公衆便所と比べれば客も少なく遥かに清潔だ。心落ち着かせて身支度ができるはずだ。恋愛試合は一試合一試合が真剣勝負のサドンデスであることを忘れてはならない。それが意図的ではないかぎり、アウトフィットの隙は一切見せないほうがいい。

もちろん我々はモデルでもなければ芸能人でもない。

だがここで、はっきりさせておくべきことがある。実は僕らの顔や体型といったものは、それ自体が価値じゃない。その顔や体型をどれくらい丁寧に磨いて整えているかが価値なのだ。所与の外見を嘆くのは怠慢に過ぎない。あなたの外見は、武器になりえる。だが武器は磨かなければ使えない。錆びた刀で戦うような怠慢は、恋侍には許されない。

僕は櫛《くし》で髪型を整え、ネクタイを外し、仕事用から私服用のクラシックな眼鏡にかけ替えた。髭剃り跡を確認し、リップクリームをつけ、鼻毛と眉毛の乱れをチェックする。歯を磨き、耳を掃除して、首元の襟を整える。首、手首、指、足首はとくに視線の集まる場所だ。腕時計、爪、靴下にも隙がないかを確認する。最後に革靴の曇りをさっと拭き、姿見の前に立った。

これ以上の僕を、いまの僕は作り出せない。

その確信に至って僕はトイレを出た。歌舞伎なら二丁柝が打たれるところだ。

待ち合わせの場所には十分前に着いた。

イヤホンからはリンキン・パークが流れていた。僕はポケットからクロレッツを取り出して、一つを口に放り込んだ。鼻から抜けていく強いミントの香りが心地よかった。一曲分ガムを噛んで、それから包みに吐き出してポケットにいれた。戦闘態勢は万全だ。

僕はもういつだってキスできる。

郵 便 は が き

料金受取人払郵便

小石川局承認

1025

差出有効期間
2021年12月
31日まで

112-8731

〈受取人〉
東京都文京区
音羽二ー一二ー二一
講談社
文芸第二出版部 行

書名をお書きください。〔　〕

この本の感想、著者へのメッセージをご自由にご記入ください。

〔　〕

おすまいの都道府県 .... 性別 男 女

年齢 10代 20代 30代 40代 50代 60代 70代 80代〜

頂戴したご意見・ご感想を、小社ホームページ・新聞宣伝・書籍帯・販促物などに
使用させていただいてもよろしいでしょうか。 はい (承諾します) いいえ (承諾しません)

TY 000044-1910

ご購読ありがとうございます。
今後の出版企画の参考にさせていただくため、
アンケートへのご協力のほど、よろしくお願いいたします。

■ **Q1** この本をどこでお知りになりましたか。

1 書店で本をみて

2 新聞、雑誌、フリーペーパー 〔誌名・紙名 〕

3 テレビ、ラジオ 〔番組名 〕

4 ネット書店 〔書店名 〕

5 Webサイト 〔サイト名 〕

6 携帯サイト 〔サイト名 〕

7 メールマガジン　8 人にすすめられて　9 講談社のサイト

10 その他 〔 〕

■ **Q2** 購入された動機を教えてください。〔複数可〕

1 著者が好き　2 気になるタイトル　3 装丁が好き

4 気になるテーマ　5 読んで面白そうだった　6 話題になっていた

7 好きなジャンルだから

8 その他 〔 〕

■ **Q3** 好きな作家を教えてください。〔複数可〕

〔 〕

■ **Q4** 今後どんなテーマの小説を読んでみたいですか。

〔 〕

住所

氏名　電話番号

ご記入いただいた個人情報は、この企画の目的以外には使用いたしません。

そう胸を張ったときに声をかけられた。

「あ、落合くんかな？　落合正泰くん」

イヤホンをとってふり返ると、首元で髪を切りそろえた女性が立っていた。身長はやや高く、百六十五センチはありそうだ。マスクの上に見える目は切れ長で睫毛が長く、瞳はすこし茶色がかっていた。世界恋侍財団の調査によれば、人間はマスクをしている人を見ると隠れている鼻や口部分を自動的に脳内で補正して認識するため、マスク装着によって美人度は最高で1・4倍まで上昇する。マスク補正は想像以上に強力だ。だからまだこの時点で喜んではいけない。だがそれをさっぴいたとしても、彼女はすでに美人だった。

「はい、凜子《りんこ》さんですか？」

「うん、加賀美《かがみ》凜子、よろしくお願いします」

「こちらこそ、よろしくお願いします」

僕が言うと彼女は微笑んで、満足そうになんどか小さく肯いた。彼女は年齢を隠していない。プロフィールによると僕より七歳年上、三十三歳だった。だが食生活とスキンケアに気を遣っている男女によくあるように、彼女にとっても年齢はただの記号であり、外見だけなら僕と同世代、あるいは僕より年下に見る人だっているだろう。

「じゃあ、行こっか」

「はい、この辺のお店どこか知ってます?」

「あ、敬語はやめよか」と彼女は笑った。

「はい、じゃあ、お店どうしよう？　凜子さんはどこか知ってる?」

「凜子でいいよ」

ほほう。凜子、手練《てだ》れだな、と僕は思った。

僕と凜子は今夜、この瞬間こそが初対面だ。まだ出会って一分も経っていなかった。僕らは出会い系のスマホアプリでマッチングし、初対面同士こうして飲みに行くことになった。

諸君のなかには、この凜子のずうずうしい感じ、やれ敬語をやめろとか、下の名前で呼べとかいう態度を見て、面倒くさい女だと思う人もいるかもしれない。もしそう思っているなら、あなたは恋愛試合がなんたるかを理解していない。あえてこう言わせてもらおう。

この、若輩者がっ！

恋侍、それも僕のような巨匠から免許皆伝を許された一流の恋侍から見れば、この加賀美凜子はなかなかの遣り手だ。

たしかに自分の呼び方や敬語禁止を一方的に設定されるのは、相手から威圧感を感じるし、面倒でもある。でも、そんなことは仕掛けた張本人である凜子自身もおそらく分かっている。

ではなぜ、わざわざ凜子が会話ルールを設定してくるのか、あなたはわかるだろうか？

相手に面倒くさいと思われてもわざわざ会話ルールを設定してくるのは、面倒なのはこの最初の瞬間だけで、ファーストドリンクに口をつける頃にはそんなことはとっくに忘れてしまっているからだ。そして最初にこの面倒を済ませておけば、後は彼女が設定した世界観、自分の土俵の上で試合を続けていくことができる。

ご存知の通り、日本語は相手と心理的距離を取るのに様々な方法がある。この言語特性によって、日本人は遥か昔から、ある一定の距離感を保って相手と接することをよしとされてきた。だが西欧の恋愛文化が流れ込み、それが一般化した現在では、いかにして相手との精神的距離、恋愛の間合いをつめるかが勝負の肝となっている。

なかでも「敬語を使う」「名字で呼ぶ」などは基本中の基本でありながらその作用がもっとも大きい。ただでさえ年長者を敬う儒教文化が根強いこの日本において、敬語と呼び方を崩さなければ、恋愛の間合いを埋めるには時間が必要となるし、いちど固定化した敬語や呼称を途中から変更するのはおそろしく困難だ。

新米の恋侍はこのことをもっと意識した方がいい。

自分の親を「パパママ」から「お父さんお母さん」に呼び替えるときの精神的負荷を思い出せば、その困難を理解できるだろう。「私のことをこう呼んで」「敬語は使わないで」は、いわばこれからの二人の関係の発射角を決める儀式のようなものだ。発射角が高ければ、気持ちが高まっていく距離も短くなるだろう。こんなことができるのは、そうとう鍛錬を積んできている恋侍だけだ。

三十三歳の手練れの恋侍。

どうやら僕も、手は抜けなそうだ。

「凜子はこの辺、お店知ってる？」

僕は彼女の設定を尊重して、もういちど言った。

年上の彼女に、呼び捨てで、タメ口。

よくできました、とでも言うように彼女は目元だけで笑顔を作った。綺麗な人だと思った。

「まぁ新宿を指定したのも私だしね。いくつか知ってるけど、そうだなぁ、なに飲みたい？　それに合わせてお店決めよう。お酒、好きなんだよね？」

僕のプロフィールには酒好きと書いてある。マッチングした理由のひとつだろう。彼女のプロフィールにも同様に酒好きと書かれていた。

「じゃあ、焼酎か日本酒がいいな」

「よし、そしたら気取ってないけど雰囲気のある居酒屋があるから、そこいこ」

そう言って、凜子は僕の右肘をとった。

(……な、なんなんだこの女)

僕は内心冷や汗を掻いた。いきなりのフィジカルコンタクト。近い、間合いが近い、想定以上に近い。初対面で挨拶を交わした直後の距離感とは思えない。こんなのは何度かキスを交わした後、あるいはこの直後に初めてキスをする男女の距離感のはずだ。いきなりミントガムの出番か？ そうなのか？ 僕はマッチングアプリで数回の恋愛試合を経験していたけれど、そこで出会ったどの女性もこんな接近戦を仕掛けてこようとはしなかった。

しかもこの凜子、距離の詰め方が異様にうまい。

腕を組むのではなく「肘に触れる」、この距離感が絶妙だった。

もし凜子がいきなり腕を組んだとしたら、あまりの急接近に「彼女には何か裏があるんじゃないのか」と男は疑いを持つだろう。具体的には、マッチングアプリで客を探し、定職に就いていて後ろ盾がなさそうな安全パイの若い男を引っかけて脅して金を取る最新版の美人局《つつもたせ》だと疑うことになる。マッチングアプリでなら事前に相手を調査できるのだから成功確度も高いだろう。その場合、おそらくこの後に僕は凜子と彼女の恋人であるチンピラに居酒屋の天井から逆さ吊りされて、鯖《さば》や鯵《あじ》といった青魚で顔が腫れ上がるまで殴られることになる。あるいは服を脱がされて腹に円を何重にも描かれて、やはり鰯《いわし》や鰊《にしん》といった青魚を使ったダーツの的にされることになる。もし彼女のような美人の年上女性がいきなり腕を組んできたら、普通の男ならそこまで考える。絶対に考える。

だけど、彼女は腕を組まずに「肘にそっと触れてきた」のだ。

体には触れているものの、限られた面積でしかない。それでいて、かすかに力をいれるだけで、僕が目的の店に向かってどう歩けばいいのかを的確に指示できる。

いわば凜子は僕の肘に手を置いただけで、僕自身を人形のように操っているのだ。マリオネット落合だ。

(……なにがどうなってる、何者なんだこの女は)

僕は先ほどの印象をより強めた。

凜子が案内した店は、今どきの清潔感のある炭火焼き居酒屋だった。入り口からはいってすぐ見えるのは、壁一面のショーケース式冷蔵庫だ。端から端までびっしりと一升瓶がならんでいる。日本酒と焼酎の取り揃えはなかなかのものだった。だが個室テーブルに案内されてメニューを開くと、そこには洋酒のリキュールやスピリッツもひととおり揃えてある。

「いい店だね」

おしぼりで手を拭きながら僕は言った。

「よかった。ファミレスみたいにお酒がなんでもあるお店だから、ハズレることはないかなと思って。たまにこういうお店を『節操がない』って嫌がる人もいるけどね」

「まさか。メニューを見ただけで新宿の懐の深さがわかるよ」

「ふところ?」

「そう。新宿駅は日本が誇る超巨大ターミナル駅だからね。一日の乗降客数って知ってるかな?」

「ううん、知らない」

「三百五十万人だよ。実は新宿は世界最大の客数を持つ駅としてギネスブックにも認定されてるんだ。三百五十万人って言えばボブ・マーリーを生んだジャマイカの全人口を軽く超えるほどの人口だよ。すごいよね。その桁外れに広い客層が、まさにこの居酒屋の品揃えにも現れてると思うんだ。この店なら日本酒好きの先輩に連れられてきた酒の弱い新入社員も、カシスソーダを気安く頼めるじゃない? 泡盛の古酒にこだわりのあるクライアントと一緒に来た営業担当女性も、いつものカンパリオレンジを注文できる。節操がないっていうより、腹をくってるって僕には見えるな」

「へぇ」

まずい、序盤でいきなり飛ばしすぎたか⁉　この後に「ウケるね」がつづけば、97・2％の確率で、ウケてないんだぞ⁉（巨匠調べ）。まだ2・8％の確率でほんとうにウケている可能性もあるが、居酒屋のメニューの品揃えの多さにウケているのなら、この女、まともじゃない。

自分でもこんなに話すつもりはなかった。この店までの移動で凜子のペースに飲み込まれたことを、無意識に警戒しているのかもしれない。

だが僕の不安は彼女の笑顔で吹き飛んだ。

「よく知ってるね〜。その新宿ネタ、私も誰かに話そっと」

凜子は僕の顔をのぞき込むようにして、なんどか小さく肯いた。どうやら悪くない出だしのようだった。僕は微笑み返してから咳払いした。初めての年上女性戦、焦らずに進めていきたい。

メニューの値段を見る限り、おそらく客単価は四千円台だ。もちろん飲み方次第だけれど、安すぎず、高すぎず。まったく、なにをとっても丁度いい。二名用の個室テーブルも数席あるため、デート利用客も多いだろう。

僕は麦焼酎の水割り、凜子は泡盛のロックをそれぞれ頼んだ。

個室ではあったけれど、扉は開放されていて外のフロアの様子もここから見えた。人気店のようで見える範囲だけでも八割方のテーブルは埋まっている。店内のBGMはなく、客同士の控えめな話し声が川のせせらぎのようにフロアの足元を浸していた。店の雰囲気も悪くない。凜子の店を選ぶセンスはかなり高いと思った。

凜子は店員がグラスを運んでくるまで、用心深くマスクをしていた。

やがて店員がやってきて、グラスがお互いの前に置かれ、「それじゃあ」と視線を合わせてから、彼女はかすかにうつむき、左耳のゴムに人差し指を引っかけた。

ふと、僕は呼吸を止めてしまった。

店内の喧噪が遠ざかって、全てがスローモーションに見えたからだ。

オペラ座の幕が開くように、彼女の小さな顔からマスクが取り払われる。

景色は色あせてモノクロになり、凜子だけが輝いていた。

鼻筋が通り、唇は豊かだった。瞬きをしても、残像が瞼の裏に残るほど鮮やかな、赤い口紅を引いていた。マスクは凜子にとって封印だった。彼女の洗練された美しさを世間から隠すための儚い試みだった。それはいま破られて、凜子は解放された。僕はグラスを片手に持っていたことも忘れた。グラスの表面から水滴が流れて膝に落ちたけれど、僕は温度を感じなかった。まるで魔法にかかったみたいだ。彼女は自分の顔をどのように扱えば最も美しく輝くかを、熟知していた。

「落合くん？」

「あ、あぁ、ごめん」

「乾杯しよっか？」

「うん。うん、そうだね」

僕らは自分のグラスに口をつけた。ようやく景色に色が戻ってきた。

「落合くんは友達とか女の子に何て呼ばれてんの？」

「え、あの、僕はとくに渾名《あだな》はないかな。名字でも名前でも呼ばれるし……」

と言ってグラスを置いたところで「あ」と声を出してしまった。つい最近、連呼された名前があるからだ。

「ニコライ」

「は？　なにそれ」と凜子はくすくすと笑った。「なんでニコライ？」

「話せば長くなる割に、そんなに面白くもない理由だよ。簡単に言うと、ニコラシカの語源なんだ。ニコライ。それをある人に説明したら、そう呼ばれるようになった」

「ニコラシカって、カクテルの？」と凜子は首を傾げる。

「うん、そのニコラシカ」

「ニコラシカは強烈だよね。わざわざ自分の口の中でカクテル作るようなもんだし。それもさ、甘みと苦みと酸味を自分の口の中で作り出すって、よく考えるとむちゃくちゃじゃない？」

「ほんとに。味が複雑なぶん、テキーラよりもよっぽど強烈なショットだよね」

「そんなカクテルが、渾名の由来なんだ?」と凜子は笑った。

僕は彼女に言われて初めてそのことを考えてみた。

「ずいぶん強烈で、複雑な味のしそうな人ね」

「たしかに」と僕も笑った。「でも僕も好きなカクテルだし、まぁいいか。凜子は飲まない? ニコラシカ」

「ふだんはね」と凜子は唇を舐めた。「でも飲んでもいいよ」

スレンダーな女性だった。外資系企業で働いているとプロフィールには書いてあった。オフホワイトのブラウスに、ライトブラウンのデザインスカート。アクセサリーはゴールド系で統一されている。化粧にも身だしなみにも気を配っている綺麗な人だが、僕は心の中で首を捻る。

なんだろう、この違和感は。

違和感の理由はまだこのときは分からなかった。それよりも、彼女の性的な匂いのほうに僕は気が行った。ちょっとした仕草や言葉づかいのひとつひとつが、どこかエロティックだった。大崎モナコとニースを「ちょっとエロそうな」双子姉妹と呼ぶならば、凜子は知的で「かなりエロそうな」年上女性だった。

僕は今夜が、加賀美凜子戦が、心躍るような恋愛試合になることを予感した。

そしてあらためて巨匠の偉大さを、心から実感したのだった。

二十代半ばの僕らにとって、三十代女性とは謎に満ちた生き物である。

大人のお姉さん。それは映画やドラマや小説で知っているけれど、実際には会ったことも話したこともない、海を隔てた異国の住人にも等しい。僕らの言語が、彼女たちにそのまま通じるのかどうかすらわからない。

そこで突然だが、あなたに問題だ。

恋侍を目指しているあなたは、「年上の女性」と聞いていったいどんな特徴を思い浮かべるだろうか？

ふむふむ。ほうほう。包容力？　母性？　経験値？　余裕？　話題の豊富さ？　結婚への意識の高さ？　なるほどなるほど、そんな要素を思い浮かべたあなた、そう、あなた、いまこの一行を読んでいるそこのあなただ。

甘い！　ぬるい！　いったい僕からなにを学ぼうとしているのだ！

いま挙げた要素はたしかに年上女性が持ち合わせている場合もあるが、それらはあくまで個人の資質であって年齢とはそれほど関連性がない。包容力も母性も経験値も余裕も結婚への意識も高い年下女性だって世界には存在する。

恋愛試合の観点から分析するとき、同世代にも年下にもなく、年上女性だけが持っている特徴は、これひとつだ。

つまり「年下男性に対する自意識」である。

そんなの当たり前のことじゃねえかこのすっとこどっこい、とあなたは思うかもしれない。でも、この当たり前のことを見落とす恋侍のいかに多いことか。とても残念である。そしてこの「年下男性に対する自意識」こそが、謎に包まれた彼女たちと互角に戦うための鍵となるのだ。

年上女性と相対したとき、僕らはたいてい彼女たちが大人の余裕を持って年下の僕らと接していると思っている。でもそれは壮大な誤解だ。

なぜなら、彼女たちもまた、僕らのことを、海を越えた異国の住人として感じているからだ。

そう、僕らはお互いに、お互いのことを把握できず理解していないが故に、相手を警戒し、ときには恐怖し、不安に飲み込まれている。世代差という名の霧に視覚を奪われて、必要以上に怯えている。まずはそのことを認識する地点から僕らの恋愛試合を始めるのだ。

彼女たちの「年下に対する自意識」は、僕らが持っている「年上に対する自意識」をそのまま反転すれば理解できる。それは大きく分けて三パターンある。

①年下であることの引け目。「幼稚だと馬鹿にされるんじゃないか」
↓年長者であることの引け目。「おばさんだと馬鹿にするんじゃないか」
②年下であることの驕り。「相手は考えも感性も古いだろう」
↓年長者であることの驕り。「相手は考えも感性も幼稚だろう」
③世代差はあまり意識せず、個人差として捉えるパターン。
↓このパターンでは、年上年下が関係なくなる。

恋侍として世代の違う年上女性と恋愛試合に臨むなら、まず最初におこなうべきは相手がどのパターンであるかを見極めることだ。そしてこれさえ見極められたなら、年齢差など恐るるに足らなくなる。

しかもほとんどの場合、自意識は①か②のパターンだ。パターン③は儒教文化の影響を受けずに育った帰国子女などに多く見られる傾向があるが、出現率としてはかなり低く無視してもいいレベルだ。もし出現したとしても、対応は同世代と試合する際とベースは同じなため、特別な用意は必要ない。

となればやるべきことは明快だ。相手がパターン①、あるいは②であるかを分析し、彼女の自意識を溶かしていくことが最良手となる。なぜならこの自意識こそが、彼女が求めるあなたのギャップだからだ。

①年長者であることの引け目。「おばさんだと馬鹿にするんじゃないか」
↓　達成すべきギャップ：一世代も下なのに、おばさん扱いしない。
②年長者であることの驕り。「相手は考えも感性も幼稚だろう」
↓　達成すべきギャップ：一世代も下なのに、考え方が大人っぽい。

ここをおさえることができれば、むしろ同世代と相対するよりも戦いやすくなる。基本さえしっかり学んでおけば、年齢差や世代差を逆に味方につけることもできる。

「次は何にしようかなー」

凜子の声が聞こえて僕は我に返った。

一軒目の居酒屋で飲み始め、二十分も経っていないうちに、凜子は泡盛のロックを飲みほした。僕は彼女がパターン②、つまり年下の男を自分よりも幼い相手だという視線で見るタイプだと推定していた。敬語や呼称を直させたりするのがいい例だ。だとすれば、僕が巨匠の元で鍛えに鍛えまくった恋愛技術を駆使して間合いを取り、凜子を翻弄すればいい。対大崎姉妹戦でもあなたに説明したとおり、大人の余裕とは精神的間合いに他ならない。

蝶のように舞い、蜂のようにキス！

それが恋愛示現流恋侍の戦い方だ！

「ニコライ、ちょっとメニュー取ってもらってもいい？」

僕はそういわれて彼女にラミネートされたドリンクメニューを渡した。彼女は「うーん」とうなりながら酒名リストに視線を走らせる。それから、「ちょっとニコライが飲んでるの、一口頂戴」と僕に向かって手を伸ばした。

「あ、うん」

マジか。そう思った。

これサッカー部の男子中学生が女子マネージャーにやられるやつじゃんか、やられて一目惚れして一年以上激しく片想いして卒業式に告ってふられて高校の三年間をダークサイドに墜ちたまま青春を棒に振るやつじゃんか。間接キッス。それを今、出会ったばかりの僕相手にやるのか、カルピスじゃなくて水割りで！

と僕が動揺しながら水割りを渡すと、彼女は飲み口の位置など気にせずにグラスに口をつけ、ごく、と喉を鳴らして一口飲んだ。

白く細い彼女の喉が、ゆっくりと、やわらかく波打った。広く開いたブラウスの首元では、美しいデコルテが光って見えた。唇を離すとグラスには赤いルージュがわずかに残っていた。それを凜子は指で拭き取って、無言で微笑んでグラスを僕に返した。

「おいしい」

グラスの表面から、力尽きたように水滴が流れ落ちていった。

僕は微笑んでグラスを受け取るのが精一杯だった。

蝶のように舞い、蜂のように間接キッス！

信じがたいことではあるけれど、僕はもうすでに圧倒されつつあった。

出会い頭のボディタッチといい間接キッスといい、この凜子、僕がどの試合でも経験したことがないほどフィジカルコンタクトが巧みだった。まるでボクサーだ。スピードが速く、手数が多く、しかも威力が大きい。こんなタイプの恋侍がいるのか、いや恋愛格闘家と言ったほうが良いかもしれない。

そして凜子が巧みなのは、なにも物理的な距離だけじゃない。

彼女の仕草ひとつとっても、精神的な距離が近い。彼女の呼吸はまるで僕の耳元でおこなわれているような錯覚すらした。凜子が大根サラダをほおばって、自分の口元を指で拭う。テーブルをひとつ挟んでいるはずなのに、まるで僕の顔の目の前で、口元を拭っているような感覚にさせられた。その口元の人差し指、さらにその指に乗るネイルが性的に見える。誤解を怖れずに言えば、マットブルーの縦長の爪でさえ、彼女の性器の一部に見えた。

強い。この女、とんでもなく強い。

いまのところ、僕はなにも自分の試合を出来ていない。僕ですらこうなのだから、同世代でありながら足繁くキャバクラに通っている年収六百万以上の一部上場企業社員、つまりテレビ局や広告代理店や商社や有名メーカーといった大会社の社員は、凜子の前では手も足も出ないだろう。なぜなら彼らはキャバ嬢が内心嫌がっていることにも気づかずに彼女たちからグラスを奪って強引に間接キッスをすることはあっても、彼女たちから一方的に間接キッスされることはないからだ！　もし万が一そんなことがあってみろ、それこそが真の営業だ！　泣きながら土下座してキャバ嬢から営業の神髄の教えを請え！

……いや、いま彼らのことはいい。とにかく凜子の強さだ。すくなくとも凜子は僕の同年代、すくなくとも僕の周囲の同年代にはいないタイプの女性だった。マッチングアプリ、恐るべし。まさかこんな恋愛試合を組むなんて予想もしていなかった。もはやこれは恋侍と恋愛格闘家の異種格闘デスマッチといえるだろう。だとしたら猪木《いのき》とアリのような膠着状態は避けなければならない。とにかく僕も手数を稼ごうと思った。

だがこのときも先手を取ったのは凜子だった。

「どうしたの、ぼーっとして」と凜子が言ってくすくすと笑った。

「え」

「じっとこっち見てる」

「ほんと？　見てた？」

僕は微笑んだけれど、それが精一杯だった。そんなことがあるわけがないと知りながらも、年上女性は年下男性の心が読めるのではないだろうかと思った。

いや、読めて結構。相手にとって不足なし。

恋愛示現流免許皆伝のこの僕が、恋侍の矜持を賭して戦ってみせる。

「ニコライ、もう酔っ払っちゃった？」

「まさか、ぜんぜん」と僕は笑った。

僕はいよいよ試合モードに意識を変えた。背中に汗が流れて、麦焼酎を飲み干した。もちろん、瞬きもせずに凜子が口をつけた場所を記憶していた僕は、○コンマ一ミリの狂いもなくその場所に口をつけた。

凜子の香りがするかと思った。

それから手を挙げて店員に同じ水割りを注文した。二人分。濃いめで。


「凜子はこのアプリよく使ってるの？」

「どうだろう。たまにかな。一人じゃなくて、誰かと飲みたくなるときってない？　たとえば仕事で嫌なことがあったり、とつぜん予定が空いたりした夜とか」

「あるある。でも誘うのは友達とかじゃなくて、アプリなの？」

「もちろん友達も都合良く暇ならいいけど、そんなに急にタイミング合うことないし」

「わかるな」

「そもそも私ぐらいの歳になると結婚しちゃった子も多くてね、誘いやすい人も二十代と比べてがくんって減るのよ。で、何人か誘って断られつづけると、こっちも気が滅入ってくるじゃない？　友達を誘うのって意外と気を遣うから、心理的コストがけっこう高いの。その点アプリなら、ってね」

「なるほどー。アプリなら気軽だもんね。で、今日はなにがあった日なの？」

「重かった仕事がひとつ片づいて、パーッと飲みたい気分だった」

「そんな日に誘ってもらえて光栄です」

僕は戯けて笑いながら、凛子の言った「心理的コスト」という表現を胸のなかで繰り返した。友人を誘うことは心理的コストがかかる、なんていう感覚を言語化して人に伝える人間はそうそういない。聞く人によっては「失礼だ」と感じる人間もいるからだ。実際、僕が凜子から飲みに誘われたのも今日の昼のできごとだった。それまでに何度か挨拶を兼ねた連絡をしていたが、会うスケジュールまでは切り出していなかった。今日当日に誘った相手に向かって「心理的コストが低いから誘いやすい」なんて、僕なら言えない。でも凜子は違う、言いたいことをズバズバと言う。

「ニコライは仕事なにしてるの？　ウェブマーケティングって書いてあったけど」

「うん。どっちかっていうと製品寄りなウェブマーケかな」

「なるほど」

「でもマーケッターなんて、結局他の業種でもやることは同じかもしれないね。顧客の分析して競合他社の分析して自社製品の分析して市場や売上の分析して……って、なんか分析ばっか」

「だね」と凜子は水割りを一口飲んだ。「ニコライのプロフィール、すごく自己分析できてる感じで、さすがマーケッターって思ったもん」

そんなことないよ、と僕は指で鼻頭を掻いた。相手の話には、どんなに小さくてもいいから、かならず褒め言葉を添える。恋愛試合の基本のキだ。「さすがマーケッター」なんて言われたら、僕の同僚ならその時点で凜子に心を奪われて婚姻届の提出日を考えはじめるだろう。

凜子の言うとおり、僕は自分のプロフィールをかなり細かく書き込んでいた。指で勢いよくスマホのディスプレイを弾いても、三回以上はスクロールが必要な文量がある。

一方凜子はその逆で文量も少なくずいぶんシンプルに刈り込んでいた。独身で恋人なし。仕事は外資系に勤務。趣味はお酒、読書、音楽、映画、ジョギング。社会人になってから友達を作るのは大変だけど、このアプリならと思って登録した。一緒に飲みながら趣味の話ができる人や、休日に一緒に走れる人と出会えて友達になれたら。そんな内容のプロフィールだ。

凜子のプロフィールだけでは、正直、人間像は摑みづらい。趣味は幾つか挙げられているけれど、没頭度はそれだけじゃ分からない。趣味が読書と書いてあっても、年に一冊しか本を読まない軽量級の読書家もいれば、呼吸するようにページをめくっているハードコアな読書家もいる。それはつまり、僕のことだ。

「凜子は仕事は何してるの？」

「外資系の会社で働いてるよ」

「うん、それはプロフでみたよ。でもほら、外資系っていろいろあるじゃん、金融やホテルだけじゃなくてさ。この前食べに行った韓国料理屋で、バイトの兄ちゃんが『うちは外資系なんやで』って言っているの聞いたし。外国資本が入っていれば、インドカレー屋もタイマッサージ屋も外資系だよね」

「あははは、面白いねニコライ」と凜子が声を上げて笑った。「私はメーカーだよ」

「メーカーか。僕がぜんぜん知らない世界かも。そこでどんな仕事してるの？」

「ブランドマネージャー」

「ブランドマネージャーッ！」

思わずオウム返しで言ってしまった。メーカーでの業務は知らずとも、そのポジションは知っている。場合によっては他業種の部長職に匹敵する職格だ。

「もしかして、僕が知ってるブランドだったりする？」

「どうかな、そこそこ大きいけど、女性向けの商品だから」

彼女は歯を見せて笑った。たとえ僕が知らないとはいえ外資系メーカーのブランドマネージャーといえば相当な仕事人だ。もし仕事がスポーツならばプロ野球の一軍、それもクリーンナップを担う花形だった。

「すごい。むちゃくちゃ仕事できるんだろうね」

僕は素直な気持ちで言った。彼女はすこし照れたように首を振った。

「いや、仕事ができるっていうより、得意なだけよ。いまは昔ほど好きじゃないしね。お酒の方がよっぽど好きよ」

「得意なことと好きなことって、往々にして違うっていうよね」

「そう、まさにそれ」

「あ、でも酒蔵のブランドマネージャーとかだと、やってても楽しいかもね」

「考えたことなかったなぁ。盲点だったかも。そんなキャリアもありだなぁ」

左腕のゴールドのプレーンブレスレットを彼女はなでて言った。細くて主張は少ないはずなのに、目を引く存在感がある。ピアスもネックレスも指輪も、どれも嫌味のないシンプルなデザインで色はゴールド系だ。

そこで僕はふと、先ほどの違和感の正体が何かを知った。

僕の同世代にも、凛子のようなファッションをしている女性はたくさんいる。身につけるアクセサリーは多いが全体の色使いはおとなしく、ファッションとしてはシンプルなテイストだ。それにもかかわらず僕は凛子に違和感を感じていた。

それは彼女が纏っているアイテムの素材が、イミテーションではないからだ。

シルクもゴールドもデザインも仕立ても。どれもが本物で上質だった。

僕の年代の世界では、似たようなアイテムの下位互換が掃いて捨てるほどある。安いのにそれっぽく見せてくれる、ZARAやH&MやGUのようなファストファッションだ。そのお陰で資金力のない若者でも日々ファッションを楽しむことができる。でも、それらはあくまで下位互換であって、なにごとにもオリジナルの上位版が存在するのだ。

僕らはときおり、その残酷な事実を忘れそうになる。

だから僕は見慣れない上位版に違和感を感じたというわけだ。

オリジナルが持つ精巧なディテールには、「本物」だけが生み出せる力がある。それは見る者を圧倒する迫力だ。とりわけ日頃から模造品に慣れている人間は、この迫力に抗えない。その原因にすら気づかない。本物の迫力は透明なエーテルの波のように、すこしずつ足元を崩していく。僕らは足を取られて、気づかないうちに彼女の世界に飲み込まれるだろう。

たしかに巨匠の言うように、訓練と実戦とではまったく別物だ。僕はそのことをあらためて思い知った。年長者は装備からして二十代とは違う。その威力と効果は実際に目にしてみないとわからない。ドラクエでいえば皮のよろいで胸を張っている勇者と、ひかりのローブを自然体で着こなしている魔法使いのような圧倒的な差だ。いや、こんなドラクエの喩えすら彼女には通じない気がする。

まずいぞ、まずい。これはまずいペースだ。

僕はこれといってミスを犯していないのに、気づけば凜子のペースになっている。感心したり驚いたりしているのは僕のほうで、僕自身はこれまで彼女に一ポイントもいれられていなかった。

そのとき、僕の視界の隅に、このテーブルを目指して歩いてくる店員の姿が見えた。彼の手には刺身の盛り合わせが盛られた皿が載っていた。流れを変えるなら、今しかないと思った。

「凜子がさっき言ってたことが、ちょっと分かった気がする」

「さっき言ってたことって?」

「心理的コストの話」

店員が刺身の皿をテーブルに置いた。「本日のお魚はこちらから鯛《たい》、鮪《まぐろ》……」とひとつひとつ説明していく。僕らはそれを口を閉じて黙って聞いていた。店員がテーブルから離れると、僕は醬油差しを手に取って彼女の小皿に注ぎ、次に自分のぶんを用意した。

「私の心理的コストの話って？」

よし、まずはこちらのレールに乗った。

店員の出現によって話がいちど中断されるのをあらかじめ踏まえた上で、次の話題を振っておく。前振りの話が途切れたことで、より「話のつづきが聞きたい」と焦らせてから本題に入ることができる。そのために話は最初から加速された状態で展開できる。よし、反撃はここからだ。

「ほら、友達を飲みに誘うコストが高いってやつ。僕も同感なんだけど、凜子の場合はきっと僕よりもそのコストが高いんだろうなって思ったんだ」

「どういう意味だろう」

「僕は会社でまだそんなに責任を持ってない。でも凜子は会社でも地位があるから、社内の同期とか同僚を誘うと、結局話し方や内容にも余計な気を遣わなきゃいけないんだろうなと思って。リラックスしたくても、完全には気が休まらない。極端な言い方をすれば、仕事場で酒を飲むことと本質的には変わりがないんだ。じゃあ、社外の友達ならいいかって言うと、凜子も言っていたように、忙しい年代だからなかなか暇な人は捕まらない。そんななか誰かを捕まえたとする。今夜飲みに行けるとする。だから相手の好みを尊重して、場所や店を選んであげる。そうしてようやくテーブルについたとき、僕ならきっと疑問に思う。本当にここまでしてこの人に会いたかったのかな、って」

「そう！　ほんと、そうなのよ！」

「心理的コストを考えたとき、アプリが最適解になる」

凜子は大きく肯いて、それから鮪を口の中に放り込んだ。「おいしい」と目を閉じて微笑み「ニコライの言うとおり」と唇を舐めた。彼女の「おいしい」は素敵だった。

「それにアプリで知り合った人なら切り上げるのも自由じゃない？」

「ん？」と僕は鯛をつまみながら首を傾げた。

「気が合わなそうだったら理由つけてさっさと切り上げちゃってもいいでしょう？『こんばんは、バイバイ』って。どうせもう二度と会わない見知らぬ他人だし、というかプロフが不正確だったわけだからお互いさまっていうか。そういうのがアプリって便利なのよね。ほんと、ニコライが分かってくれてよかった〜。こういう話するとね、けっこう引いちゃう人もいるから」

正直、僕はがんがん引いてた。

友達を誘うより、見知らぬ他人を誘った方が気が楽だ、ということには共感する点もある。けれど、それを「どうせもう二度と会わない見知らぬ他人」と面と向かって言われるとは思わなかった。こいつ、むちゃくちゃ失礼じゃないか！　と凡庸な恋侍ならここで心がぽきんと折れてしまうだろう。

だが。僕は違う視点を持っている。言い方はどうであれ、彼女は僕の理解を真剣に喜んでいる、その事実こそが恋愛試合において重要なのだ。

どうやら凜子は知的水準は高いが、性格は独特な気配がする。三十代ともなればさすがにその自覚もあるだろう。だとすれば、僕が彼女の共感ボタンをヒットしたことの意味は大きい。僕は数少ない彼女の理解者となったからだ。凜子の心に入る第一の扉を開いたと言っていいだろう。

「私たち、気が合うかもね」

「そうだといいな」と僕は笑った。

「ねぇ、本が好きなんでしょ？　最近なにか面白い本読んだ？」

来た。このタイミングでボーナスチャレンジ！

もし僕が彼女の好みの本を挙げるか、あるいは知的関心を引き寄せることができれば「気が合うかもね」という単語が「気が合うんだね」に塗り替えられて、ビジネスエリート年上美人との刺激的で運命的な恋の物語が、その一ページがめくられるかもしれない。凜子の「年下に対する自意識」はパターン②、年下を軽視しているタイプだ。その先入観を活かせば「年下なのにこんなに知識があって感性も同じでいますぐキスしたい」となる確率がかなり高い。クロレッツの出番だ！

ただ、彼女のプロフィールに読書が趣味とは書いてあるものの、具体的な作家や作品名には一切触れられていなかった。おそらく年に一、二冊、多くても数冊程度のライト読者だろう。僕は作家名と作品名をそれぞれ二十ずつ挙げていたし、そこまで絞り込むまでにも週末を丸二日潰した。僕の好む本は彼女にとってはマニアックかもしれず、あくまでライト読者である凜子の目線でタイトルを挙げるべきだろう。よし、ここは地下水脈を探るように慎重に進んでいこう。いちおう自分の教養水準の高さは示しつつ、彼女のスイートスポットを探るのだ。

「面白かった本かぁ、いろいろあるなぁ。どのジャンルにしようかな」

「ジャンルって?」

「面白かった本っていっても、小説もエッセイも戯曲もノンフィクションもビジネス本もあるから」

「ほんとに本が好きなんだね。じゃあノンフィクションだと?」

そこですか!

ノンフィクション！　自分を知的に見せるためだけに、頭数を揃えるためだけに口に出したジャンルを凜子は選んできた。わざわざ選ぶか？　ほんとにノンフィクションに興味があるのか？　そしてもし僕がなにか良書を推したところで凜子、あなたに読む気はあるのか？　僕があたふたするところを見たいだけなんじゃないのか⁉　ぶっちゃけ僕はこの三年は一冊もノンフィクションを読んだことがないんだぞ！

などと憤ってもしょうがない。僕はゆっくりと水割りを飲み干し、両手をおしぼりで拭いてから「じゃああれだな」と呟いた。呟いてから、瞬時に最適解を導いた。書籍に関心があるなら誰しも名前は聞いたことがある超ベストセラー。ビル・ゲイツもザッカーバーグもオバマ大統領も推していたから、その面白さも否定しにくい。最新の書籍ではないから剛速球とは言わずとも、これならストライクを取れる自信があった。

「『サピエンス全史』」

「でもあれって、どっちかっていうとビジネス書の顔つきして売ってない？」

打ち返してくるのか！

「だ、だから売れたんだろうね。でも中身は歴史を綴ったノンフィクションだったよ、うん、あれは間違いなくノンフィクションだった」

「ユヴァル・ノア・ハラリの文体良かったよね。ただの学者じゃない、色気のある文体っていうか。私もけっこう好きだった。そのあとの二冊も読んじゃったし」

「凜子も読んでたんだ、面白かったよね」

「他になにかあるノンフィクションで」

「ほ、え、あぁ、あれはすごくおもしろかったな。あれあれ、えっと……、こんなときに限ってタイトルがすっと出てこないな、もう表紙は思い浮かんでるんだけどね、ほんとだよ、ちょっと一口お酒飲むね、んん、あ、そうそう、あれあれ『誰が音楽を無料で配布したか』みたいなタイトルの、でもちょっと違うかもしれないけど……」

「表紙は何色だった？」

「た、たしか黄色かな」

「あぁ、『誰が音楽をタダにした?』ね。MP3の開発者とか、ナップスターとか、スティーブ・ジョブズとか、あの時代の音楽産業をがつがつ掘ったやつ。確かにあれは良かったね! 最高にスリリングだったし面白かったなぁ。超エンタメしてるノンフィクション。私もけっこう前に読んだけど、一気読みしたの覚えてる」

「そうだったんだ。僕もここ最近読んだノンフィクションのなかでは一番だよ」


気が気じゃない。

正直、最初に打ち返された時点でもうダメだと思った。

数年前に読んだ本の記憶を頼りになんとか切り返したけど、その先でさらにもう一冊欲しがるとか。もう僕の頭の中ではほぼパニックになっていた。なんとか強引に過去読んだノンフィクションを絞り出したものの、それすら彼女は読んでいて、僕よりも正確にタイトルまで覚えていた。

とんでもない本読みだ。

「じゃあ小説は？」

本来得意分野であるはずの小説なのに、最適解がまったく見つからなかった。まるで胸ぐらを摑まれてむりやり情報を吐き出させられている感覚だ、「お前のオススメの小説は何だっ！」と。

「そうだな、最近まで春樹の翻訳小説はほとんど読まなかったんだけど、チャンドラーのシリーズを読みはじめて、なんでもっと早く読まなかったんだろうって後悔してるとこ。もし凜子がまだ読んでなかったらオススメ……」

「私もあの春樹訳好きー。『ロング・グッドバイ』の春樹の長文あとがき読んだ？　超熱かったよね！　すごいなニコライ、私の好きな本ばっかり。他には他には」

「他には、他には、えっと」

と、新しく来たばかりの水割りを一気飲みした。本当なら彼女のスイートスポットを連続して突けていることに満足すべきなのに、凜子と話していると彼女から猛スピードで追いかけられている気がしてならない。それもクラクションをがんがんに鳴らされ、窓からは金属バットを振り回されながら。

「あれはよかった、角川春樹の句集。『存在と時間』。どこがいいかって言われるとうまく答えられないんだけど、ときどき本棚から引っ張り出して拾い読みしたくなるような本だった」

「あの角川春樹？　句集出してるの？」

「むしろ僕は経営者や映画監督よりも、俳人としての印象が強いな」

必死だった。春樹つながりでたまたま思い出した昔に読んだ句集だった。たしかに鮮烈で心揺さぶられる句集だったが、じゃあ一句教えて、などと言われたらこの場で席を立って逃げ出さなければならなかった。しかしどうやら凜子はひととおり好奇心を満たしたようで、それ以上の質問は……。

「じゃあ、海外作家は？」

「海外作家も、読むの……？」

「うん、たまにだけどね」

「……ピ、ピエール・ルメートルの新作は、相変わらず面白かったよ」

「あぁ『その女アレックス』の作家だっけ？　あれも最高に面白いけど、体の芯から冷やっとするようなグロさがあるよね。相変わらずそんな感じ？」

「うん、まぁ、そうだね。冷やっとする」

「へー、犯人誰だったの？」

「そこ知りたいのかよ！」

あははは、と声を上げて凜子は笑った。僕も同じように笑ったけど、内心はもう泣き出したかった。なぜなら、ルメートルの新作についてはもはや読んですらいなかったからだ。これまで僕が列挙してきた本たちはいずれも数年前に出版されたものだから、なにか新刊の名前を挙げないとというプレッシャーから咄嗟に出た本だった。

凜子は間違いなくこれまで対戦してきた相手のなかで、最も読書量の多い女性だった。僕はそれでもポイントをいくらかは稼いだが、自分としては情けないほどの成果しかない。本来ならここで一気に畳みかけられるはずのトーク領域だったのに。

とはいえ、これで終わらせるわけにはいかない。

こちらだって打ち返すのだ。

「凜子はどんな本が面白かった？」

純粋に彼女がどんな本を読むのかも興味があった。なんて言ったって凜子は年上の美人女性だ。いや正確に言えば年上で、知的で、お金があって、かなりエロそうな、アプリで知り合った、趣味のぴったりと合う、美人女性だ。まるで童貞の男子中学生の好きな単語だけを書き込んだ大量のルーズリーフを、束にして、火をくべ、燃え上がった煙で召喚した魔女のように完璧な女性だった。彼女はいったいどんな本を読んでいるのだ。

そうね、と凜子は長い睫毛を羽ばたかせるように瞬きをした。

「『進撃の巨人』」

漫画もありかよ！

そんなルールだったなら僕だってここまで追い詰められなかったのに！

僕は歯がゆく思った。とはいえ『進撃の巨人』を選ぶなら、凜子は漫画に対しても相当な教養がある可能性がある。「え、なんで、あれってただのミーハーな少年漫画でしょ?」と思ったあなたはなんど輪廻を繰り返しても凜子には敵わないだろう。なぜか? それはこのあとの闘いぶりによって、恋愛示現流免許皆伝のこの僕が明らかにしてあげよう。

「よかったよね、進撃。僕も大好きだったな」

「終わり方には賛否あるみたいだけどね。私はすごく楽しかった」

「ラストに難癖をつける人たちは、きっと北欧神話を知らないんだよ」

僕はそれが仕掛けだと気づかれないように、イカの刺身を醬油につけながら自然に言った。たとえ四方向からカメラで狙われていたとしても視聴者が気づかないほど自然な表情だったはずだ。

「北欧神話? オーディンとかロキとかの?」

北欧神話のオーディンは、ギリシャ神話におけるゼウス同等の最高神だ。その名がすっと出てくるとは、やはり凜子は相当な教養人だ。

だが、ここに僕は勝機を見いだした。

「さすが凜子、よく知ってるね」

「いや、でも北欧神話の内容はもうほとんど覚えてないよ。確かに巨人も出てきた気がするけど」

「そうそう。実際にはあの神話は神々と巨人たちとの壮絶な戦争の物語だ。そのモチーフ自体はギリシャ神話にも通じるところがあるけど、北欧神話には『進撃の巨人』と同様に『壁』が出てくる。それも巨人たちとの境界に作られる壁だ」

「そうだった！　そう言われるとあの漫画は北欧神話に通じてるんだね」

「うん。なにより北欧神話における原初の神は、ユミルって名前の巨人なんだ。言うまでもなく、『進撃の巨人』の始祖の巨人の名前もユミルだ」

「たしかにー！」

「凜子は北欧神話のラストは覚えてる？」

「両者共倒れだっけ？　それで人間だけが生き残った的な」

「うん。ギリシャ神話の巨神戦争・ギガントマキアではゼウス軍が勝ったけど、北欧神話の最終戦争・ラグナロクではオーディン軍は巨人たちと相打ちして全滅するんだ。その上で火を放たれて業火に包まれて淘汰される。神が殲滅《せんめつ》させられる神話って、よく考えるとすごいストーリーだよね。でも北欧神話がそんなラストを迎えるむちゃくちゃな物語だってのを知っていたら、『進撃の巨人』がたとえどんな最後を迎えようとも納得できるはずだと思うんだ。僕はもはやあの作品は新しい神話だと思ってる」

「ニコライ、すごいね！　いろいろ知ってて勉強になる。話、めちゃ面白い」

はいどうですかみなさん！　これが恋愛示現流免許皆伝の恋侍の戦い方だ！

凛子は僕の知性に痺れているようにうっとりとこちらを見ている。

「やめてよ、そんなんじゃないから」

「ううん、すごいよ。さ、飲んで飲んで」

と凛子は言って僕に残りの酒を勧め、店員には日本酒を注文した。

いまなにが起こったのか理解できないあなたに、今回も特別に解説して進ぜよう。

まず「最近読んだ面白い本」という質問に対して『進撃の巨人』と答えた凜子がなぜ漫画に対して教養があると僕が思ったか。それはこの作品が十年以上の連載を経て、つい先日に連載終了したばかりだからだ。このタイミングでこの作品名をあげられるのは、日常的に漫画カルチャーに触れているからに他ならない。ならば他の作品にも通じていると考えるのが妥当だろう。

そしてここからが、恋侍の華麗な技術の魅せ所だ。

もしいま凜子の前に坐っているのが僕ではなく、ただ金と勢いと支配欲だけはある若手ベンチャー起業家だとしたらどうだろう？　西麻布界隈のラウンジで夜な夜なシャンパンボトルを開けている彼らがもし『進撃の巨人』を読んでいたとしても、せいぜい表層的なストーリーを追うことで精一杯だろう。なぜなら彼らはギリシャ神話や旧約聖書はもちろん、日本の神話である古事記ですら一行たりとも読んだことがないからだ。そんな彼らが北欧神話など存在すら知るわけがなく、凜子が「『進撃の巨人』が面白かった」と言ったところで

「へー、いいね、ラストは意味不明だけど。ところで明日の朝は早いの？　オレの部屋で飲み直さない珍しいワインあるんだよね？」などと凜子の知性への敬意など払わず、自分の下半身への敬意を一方的に求めるだけだろう。これぞヤリモクの話法である！

だが恋侍の戦い方は違う。

僕はまず「面白かったね」と凜子に共感しつつ、北欧神話との繋がりに触れて、僕の教養の高さを嫌味なくさらりと提示した。これが仕掛けだった。彼女の知的好奇心の強さはすでに僕は承知している。ここに食いつけば、僕の北欧神話への知識量と作品解題への洞察力に溺れて、息もできないような激しい恋心を抱くに違いないという確信があった。

そしてもちろん、はじめの仕掛けにかからなかったとしても「他になにか面白い漫画はあった？」と簡単に話を横に広げることができる。恋侍はいつだって対応は万全だ。ただ話題は横に展開していくよりも、深く一箇所を掘った方が相手の思考パターンを詳細にトレースできる。お互いをよく知るためにはこの過程はどうしても必要になる。

「ニコライ、プロフィールみたときに楽しそうな人だなって思ったけど、実物はもっともっと楽しい人なんだね」

そう言って凜子は僕の猪口に銘酒・而今《じこん》を注いでくれた。それを一気に喉の奥に流し込む。口のなかに芳醇な甘みと香りの花が咲く。絶品だった。凜子が足を組み替える。そのとき、彼女の足が僕の足に当たった。

「ごめん」

と僕は謝って足をどかしたが、彼女の足はまた僕の足に触れてきた。

……わざとだ。

そう理解したとき、心拍数が跳ね上がっていた。

「ニコライは、どんな人がタイプなの？」

凜子が言った。

今夜から、僕は年上で知的で読書好きで出会い系アプリを使う外資系メーカー勤務のかなりエロい美人も、タイプになった。

「その大事な話の前に、トイレに行ってきても良いかな。きっとその話は長くなるから」

僕が言うと彼女は「どうぞどうぞ」と笑顔で肯いた。

僕は立ち上がってスマホのディスプレイも確認する。そして「あごめん、ついでに電話も一件」と謝って凜子から了解を取った。

恋侍を目指すあなたなら分かるだろう、もちろんトイレは言い訳で、席を立った本当の理由は電話にある。

なぜか？　こんな大事なときに着信が二件あったからだ。

誰からか？　ディスプレイには「大崎真帆」と表示されていた。

僕はいったん店から出て、スマホをポケットから取り出した。ディスプレイに映る着信履歴を僕は眺める。

まったく、このタイミングであるか？　というほど嫌なタイミングでの着信だった。ニースの双子の姉、モナコからの電話だ。

「あとでモナコって書き換えてやる」

僕は苦々しく呟いた。一瞬ディスプレイに映った名前が大崎夏帆、つまりニースに見えて全身の毛穴が同時に全て開いたからだ。心臓に悪すぎる。大崎夏帆の登録も不本意ながら「大崎夏帆（ニース）」とでも書き換えておいた方がいいだろう。

脳裏には二週間前の夜のことがフラッシュバックしていた。大崎姉妹との痛飲、そしてニースと過ごした経緯不明の一夜。その後僕から連絡しても、すべてのアクションを吸収し無効化してしまう恋愛真空状態を作り、事実上僕を振ったニース。

高校時代のアイドル、絶対無敵美少女だった大崎夏帆は、高校卒業後八年経ってもやはり男心を再起不能なまでに踏み潰す無敵美女だった。恋侍としての矜持をずたずたにされながらも再起を図るための一戦が、今夜の加賀美凜子との恋愛試合だったのに、せっかくいい流れになってきたところでニースの姉・モナコからの着信が残されたのだ。恋愛の神・エロスの悪戯だとしか思えない。

それでは、どんな悪戯なのだろう？　モナコが僕に連絡をするとしたら、どのような理由が考えられるだろうか？　ありえる可能性は三つだ。

①間違い電話。

でも、それなら二度も着信を残さないだろう。

②どこかで僕の様子を見ていて、面白いから邪魔してやろうと企んだ。

悪魔的酒豪のモナコならやりかねない。女版ジャイアンの思考だ。だが彼女の性格ならむしろ僕を見つけた瞬間にテーブルに割り込んできて、三人で一緒に酒を飲みながら僕の反応をからかうはずだ。①でも②でもないとしたら、可能性は最後の一つ。

③ニースから「ニコライに連絡して欲しい」と頼まれた。

これがもっとも現実味のある理由となる。

でも、どうして？　いまさら？

街は金曜日の夜九時前だった。ここ最近で、街の景色はまたがらっと変わった。

緊急事態宣言が発令されていたときには、飲食店のほとんどは営業時間を夜八時までに短縮していた。八時以降には人通りがなくなり、店の看板やネオンサインが消えて、繁華街は巨大な化石のように深く眠った。コロナウイルスが日本に上陸した直後の、あの人っ子一人いない夜の街を想起させる陰鬱とした光景だった。だがいまや夜九時であっても繁華街は活気に溢れ、マスクをつけた通行人が行き交っている。腕を組んで歩くカップルもいれば、ネクタイを締めた若いサラリーマンのグループもいる。通りに風が吹き抜ける。僕は鼻から息を吸い込む。香水の匂い、アルコールの匂い、整髪料の匂い、煙草《たばこ》の煙の匂い、汗の臭い、食用油の臭い、そして路地にたまった泥水の臭い。これらが混じりあった繁華街の風だ。日本全国どこであろうと、繁華街には同じ香りの風が吹く。日常が戻ってきたのだ。

「日常」

と僕は呟いて、自分でおかしくなって笑ってしまった。

たしかに緊急事態宣言下のような厳戒態勢は解かれた。だけどそれでも、いまの街の匂いは、二年前とは確実に変わっている。僕らはマスクをしているから、吐き出す臭いも、嗅ぎ取る香りも微妙に違う。

そもそも二年も前なら、通行人全員がみなマスクをつけて歩いている繁華街など、想像もつかなかった。どれだけ反社会的、または超個人主義の人間であったとしても、一人残らずマスクを顔につけている社会だ。想像できたはずがない。たとえば今、通行人全員がサングラスをつけて歩いている街を想像できないのと同じように。それは異常な世界だ。僕らはいま、二年前の自分たちにとって異常な世界を生きている。そしてコロナが落ち着いたところで、いつまた別の未知のウイルスが流行するかはわからない。そうなると、これから生まれてくる子供の世代は「マスクなしで生活していた時代」を古く遠い異世界のように感じることになるだろう。僕らが携帯電話のなかった時代をうまく想像できないように。

結局、通りを眺めているだけで、ニースがなにをモナコに託して僕に連絡させようとしたのか、考えがうかばなかった。ひとつ言えるのは、世界が想像もしなかった別世界へと一瞬で変貌したことを考えれば、人の心なんてもっと簡単に、一瞬で、想像しなかった気持ちへと変化しうるということだ。

僕が凜子に惹かれはじめているように。

ニースもまた自分の本心に気づきはじめたかもしれない。

「ニコライについ冷たい態度をとっちゃった。ヒデとの関係もまだ整理ついてないし。でも彼と話したいの。会いたいの。手をぎゅって握って欲しいの。だから私の代わりに電話して、様子を覗《うかが》ってみてくれないかな」

あり得ます。

大いにあり得ます。

僕は大きく深呼吸してから、着信履歴にあるモナコの名前をタップした。僕の発信は三コール目も鳴らないうちにとられた。

「今、なにしてるの？」

二週間ぶりに聞いたモナコの声だ。挨拶もなしに、いきなり質問だった。

僕は前回の一夜で、素面のモナコが泥酔に到るまでの全過程をつぶさに見ていた。この声、つまりやや早口でキーが高く、声が鼻に掛かっている状態だと、すでに折り返し地点を回っているはずだ。この後、ワイン一本ほどでやや声のトーンが落ち着き、それから逆に口調がゆっくりと、そして乱暴になっていく。とはいえ、泥酔への復路は下り坂だ。モナコは坂道を転がる火のついた花火玉のように、加速度的に危険度を深めながら酔っていく。爆発の瞬間にはかくも美しく残酷な結末が待っている。

「聞いてんのニコライ？　いま何してんのよ」

「モナコ久しぶり。いま飲んでるよ」

「どこで？」

「外で」

「外ってどこ？」

「新宿」

「新宿のどの辺？」

「ぐいぐいくるな……歌舞伎町のほうだよ」

「お、ちょうどよかった！　いまわたし恵比寿なんだよね。いまから一緒に飲もうよ。こっちおいで」

「なにがちょうどいいんだよ。恵比寿なんだろう？　だいたいそれなら新宿のどの辺か訊く必要もないじゃないか」

「あはは、あいかわらず理屈っぽくていいねニコライ」

「とにかく急に言われても無理だよ。せめて昨日連絡くれてるならともかく、いきなり今日になって連絡してきて飲みに行こうとかさ」

「二回も着信いれたじゃん」

「それもさっきだろ。とにかく無理なの、一人で飲んでるわけじゃないし」

「えー、だれと飲んでるの?」

「今日は友達と一緒なんだ」

「友達ってだれ?」

ぐいぐい来すぎる。酔ったときのたちの悪さは前回どおりだ。僕はモナコの質問を無視することにして、多少強引だったけれど話の流れを僕のゴールにむけて切り替えた。

「モナコは誰と飲んでるの? ニース?」

「あのね、双子だからってそんなしょっちゅう一緒にいるわけないでしょ。一人で飲んでるよ。うちの近くの行きつけのお店」

「そうなんだ。てっきり一緒にいるから連絡してきたんだと思った」

「なに? ニコライもしかしてあれから夏帆と連絡とってんの?」

僕は唾を飲み込んだ。

「いや、次の日にお礼のやりとりを簡単にしただけだよ」

簡単に、の部分で声が震えないように気をつける必要があった。

「また夏帆に会いたい？」

「あの、それは、えっと高校の同級生としてはまだまだ話が……」

「じゃあ夏帆も呼ぶからニコライもおいでよ」

「えほんと？」

「週末だしヒデと一緒だろうから、あいつもくると思うけど」モナコは楽しげに笑って言った。

からかっているのだ。だけど、これで分かったことがある。モナコは良くも悪くも率直なタイプだ、ニースがモナコに何かを託して僕に連絡してきたという線はないだろう。

だとしたら、この女は心の底から純粋に、週末の夜を持て余してどうせ暇だろうと僕に連絡をしてきたのだ。そう考えるとすこしイライラしてきた。モナコよ、僕はお前とは違う。そのことをしっかり丁寧に教えてやろう。

「ニースが来ようが来まいが、とにかく行けないんだよ。まだこっちで飲んでる途中だし、僕もいま女の子と一緒にいるし」

「へー、アプリ？」

「……な」

「やっぱアプリなんだ！　あははははは、ニコライ面白すぎる、反応が超分かりやすいんだもん。『……な』とかいって、あはは超うける！　……な」

モナコはわざわざモノマネを何回か繰り返してまで笑った。

「なんでアプリって分かった」

「適当だよ、意味なんてないって」

「そうかよ、じゃあ切るよ」

「ねぇ、どんな女なの？　それだけ教えて！」

「それだけ教えてって、どんだけ知ろうと思ってんだよ！」

「お願い、お願いだから！　どんな女とアプリで知り合ってデートしていまなに思ってるのかだけ！　それだけわかったら、そのこと想像して肴にして私も楽しくお酒飲めるから！」

僕は頭を掻いてため息をついた。電話の奥からはモナコがグラスに口をつける音が聞こえる。氷の音が大きい。ロックウィスキーでも飲んでいるのだろう。

「年上の人だよ」と僕は言った。「すごく知的で教養がある」

「へぇ。美人？　何歳？　何してる人？」

「綺麗な人だよ。三十三。外資系でマネージャー職してる」

「いいねいいね、しかも今日連絡とって、即会うことになったんでしょ？」

「なんで今日だってわかるんだよ」

「だってさっき、昨日連絡くれてればってニコライが言ってたし」

畜生、忘れていた。モナコはそのキャラクターからは意外なほど頭が回る女だった。僕は「そうだね」としぶしぶ認めた。

「よかったじゃないニコライ、その人ヤリモクかもね。教養あって仕事もできる三十代の美人が、無目的にアプリでその日マッチングした男と会うわけないでしょー。ちゃんと目的を持って会ってるんだよ。このあと家かホテルに誘われちゃうじゃん、脱童貞できるね！　コンビニでゴム買っときなよ？」

「あ、な、いやそんな人じゃないんだって！」

「ニコライって肝心なところが天然だからなー」

「ちょっとちゃんと聞いてよ、だいたい僕が童貞かどうかは……」

「あははは、この二週間で誰かに童貞捧げたのー？　強がるところがいいよねニコライって。かならずファイティングポーズとるっていうか」

ごくりと喉を鳴らして酒を飲む音が聞こえた。モナコはこの会話ですら肴にしている。徹底的に僕で遊んでいるのだ。

そしていまのひと言だけでも裏取りとしては十分だった。

モナコとニースは裏で情報をなにも交換していない。この電話は純粋にモナコが寄越した暇電だったわけで、だとすれば僕は相変わらずニースに振られたままというわけだ。

「切る、じゃあね」

僕は強い口調で言って、返事を待たずに電話を切った。

「ごめんごめん、ちょっと仕事でトラブっちゃって」

僕はトイレで顔を洗った後、凜子の待つ席に戻った。凜子は手にしていたスマホを鞄にいれて微笑んだ。

「ぜんぜん平気よ。仕事は大丈夫なの？」

「うん。いまの電話でほぼ片づいた」

「ならよかった」

「ありがとう」

そういって彼女が口に運ぶ猪口が、先ほどと色が変わっていた。よく見ると僕にも新しい猪口が用意されて、テーブルの真ん中には二合徳利が置かれている。彼女が自分の猪口に注ぐ様子から、新しい徳利もすでに半分は空になっていそうだった。焼酎を僕以上のペースで彼女は飲んでいたし、日本酒もこれで四合目だ。半分は僕が飲んでいるとしても彼女は二合以上を短時間に干している。

大崎姉妹もかなりの酒豪だが、凜子はそれに勝るとも劣らないペースで飲んでいた。彼女がこちらにむかって徳利を傾けたので、僕は自分の猪口を手に取った。

「僕は少しずつでいいよ。さっき立ち上がったらもうけっこう酔ってたから」

「立つと分かるよね。まぁあんまり無理しないで」

そういう割にはなみなみと注ぐ。僕は零さないようにまず一口啜った。

「で、私たちなにを話してたか覚えてる?」

凜子が言い、髪を耳にかけて首を傾げた。形の良い耳が露わになって、ゴールドのチェーンピアスがかすかに揺れた。耳元から細い首、そして肩までつづくなだらかなラインはほとんど芸術的なまでに美しかった。

「僕の好きな女性のタイプだっけ」

「そうそう。どんなひとと付き合ってきたの？」

「そうだなぁ」と僕はおしぼりで手を拭いた。時間稼ぎである。凜子は僕が席を立つ前と同様に、どこか熱っぽい目でこちらを見ていた。途中でモナコの余計な邪魔が入ったけれど、まだひきつづき僕のターンだ。僕らはお互いの教養と知識レベルの高さに敬意を抱いて、その人間性を紐解いてみたいとまで思っている。ここで大事なことは、相手に「私は彼のタイプのひとりなんだ」ときちんと理解させることである。「彼の守備範囲に、私は入っている」、そう彼女に自覚してもらう。そうすれば「返報性の原理」によって、彼女もまた僕がタイプのひとりだと、僕に言いやすくなる。そしていったん自分で口にした言葉は、こんどは「一貫性の原理」によって自分の心のなかにより強固に固定されることになる。

一流の恋侍を目指しているあなたには教えておこう。

「返報性の原理」「一貫性の原理」は詐欺師も使う心理テクニックの奥義だ。

返報性の原理とは、「なにか施しを受けたときにお返しをしなくちゃいけない」という本能的な強迫観念であり、一貫性の原理も同様に「自分の言動を一貫したものにしておきたい」という本能だ。これらはマーケティング界では広く知れ渡った知識であり、たとえばスーパーの試食販売はまさに返報性と一貫性の両原理に訴える販売促進手法だ。ウィンナーをタダで食べさせてもらったからにはなにかお返しをしないといけない気分になるし、「美味しいですか?」「美味しいです」と答えたからには、美味しいに相応しい行動をとらなくてはならない、という心の動きだ。この原理は僕らの想像以上に強力で、いちど発動したらその原理から降りるのは困難となる。そもそも高いものじゃないし、日持ちはするし、あったら食べるだろうし、今日はさらに10%安いから、という理由をわざわざ自分の中で作り上げて、本来必要のない出費をすることになる。

そして免許皆伝を得るほどの厳しい修行を経た恋侍になれば、この原理を恋愛に転用して武器にすることができる。

僕はいまここで「私はニコライのタイプの女なんだ」と凜子の脳の前頭前野に深く濃く刻む。そうすることで返報性の原理が梃子のように働き、「私も実はあなたのことが」という本心を、彼女が言いやすくなるのだ。

僕はおしぼりを置いて、凜子の大きな瞳を見据えた。

「これまで付き合ってきた人は、そうだな」

「うん」

「ふり返ってみるとみんなタイプがバラバラなんだよね。だから『こんな人が好き』っていうのが、自分でもよくわからなくてさ」

見栄である！

すでにあなたも知っているとおり、僕にはそもそも恋人がいたことはない。だがここでは「自分が好きになるタイプが固定化されていない」という事実の方がなにより重要なのだから、それ以外のことは枝葉にすぎない。

「ただ凜子みたいに、同じ趣味の人と話してるのは、すごく楽しいよ」

「私？」

「うん、凜子。こんなに楽しいのは久しぶりだな」

「私もよ」と凜子が笑った。「ところで、年上もオッケーなの?」

もちろんここは「オッケー!」と即答していいところではある。でもせっかくの美しい会話の流れを無駄にしないためにも僕は慎重に言葉を運びたい。そのため、ちょっと不思議そうな顔をしてから口を開いた。

「あんまり年齢で考えたことないな。年上だからダメとかいう人いないでしょ」

「やさしいねニコライ」

仄かに上気した顔で彼女は笑った。

まるで二人でシーツに包《くる》まって話しているみたいだった。

凜子はふたたびテーブルの下で、僕の足を彼女の足でなでた。心拍数が急激に高まる。一般的な登山家が富士山の九合目に到達したときとほぼ同じ心拍数だ。もはや僕らは外から見ればお互い惹かれあっている交際直後の恋人同士に見えるはずだ。僕と凜子を隔てているテーブルさえ邪魔に感じた。

「凜子はこれまでどんな人と付き合ってきたの？」

僕が答えたのだから、次は凜子の番となる。僕が彼女に好意を示している以上、ここでの凜子の答えは事実上の合格発表だ。もちろん九割九分、答えは分かっている。僕の足に重ねられている彼女の足がなによりの答えなのだから。

だが、凜子はここで変則的な答えを返した。

「いつ頃の話？」

なんなんだこの返しは？　と僕は一瞬戸惑った。

「たとえば、二十代の後半とか」

「二十代後半かぁ。どうだったっけな」

凜子はそう言って、唇の端だけで淡く微笑んだ。

「二十代後半はほんとに仕事が忙しくて、恋愛のことよく覚えてないのよ」

「そうなんだ」

「いまほど仕事も要領よくできなかったしね。とにかく必死だった」

仕事の負荷が重くて恋愛ができないほど忙しい、そんな日常を僕はうまく想像できなかった。凜子はなんていう過酷な二十代を送ってきたのだろう。だからこそ若くして仕事上の成功を手にできたのかもしれない。

「でも、いまは余裕がすこしできた」と僕は言った。

「そう」

「いま僕と飲んでるこの時間は、その一部？」

「そうね」

「年下はオッケーなの？」

僕は訊いた。凜子はテーブルの下の僕の足をトントンと足で叩いた。

「私に、どう答えて欲しい？」

凜子はそう言って、軽く唇を舐めた。

僕は恋愛試合中だというのに、あろうことか恥ずかしくなって目を逸らした。この恋愛示現流免許皆伝の恋侍が、照れて俯いたのだ。加賀美凜子、あなたはいったい何者なんだ。強すぎる！　美しすぎる。

そしてなにより、エロすぎる！

あぁ、巨匠、ありがとうございます！　僕はついにアプリ経由で、運命の人と出会ってしまったかもしれません！

僕と互角の恋愛技術を持ち、互角以上の教養と収入を持った年上美人。おそらくこれほどの活字中毒ならば、僕と同様にこれまでの恋愛は奥手だったはずの彼女。実際に、二十代後半は仕事に追われて恋愛のことなど覚えていない生活を送っていたという。だからこそ思い切って使い始めた出会い系アプリ。そこで出会ってしまった運命の相手。しかしそこにあったのは北欧神話さながらの壁、それも「世代」という名の無情な鉄壁。その残酷な障害を乗り越えた恋愛の神と巨人が、いまここにお互いのぬくもりをテーブルの下で伝え合っています！　ハレルヤ！

そんなことを考えていたら、なんかもう、涙が出そうになった。

「年下もオッケーって答えて欲しいな」

「あら、ずいぶん真っ直ぐな答えね」

「こういうこともできるんだ」

僕が言うと、彼女はあははと楽しそうに笑った。

「年下がダメなら、ニコライを誘ってないって」

「よかった、ほっとしたよ、気になってたから」

「へんなの。ふつうは年上の女のほうが気にするでしょ、そういうの」

「そうか」

「そうよ。とくに私たちはね。『三十代の独身女』ってだけで警戒する男はごまんといるのよ」

「きっとその男はゆりかごで寝てる赤ん坊にも警戒するよ」

僕が言うと「ありがとう」と金のブレスレットに触れながら凛子は言った。

「でもね、それが現実よ。私たちはなにも悪いことなんかしてないのに、男から警戒されながらお酒を飲むの」

「なんとなく、三十代だと結婚を意識するからかな」

「そうそう」と彼女は深くうなずき自分の猪口に酒を注いだ。

これまで凛子は戦ってきた。男から警戒されるが故に、自分の結婚願望をなるべく外に出さないようにして、本心を押し殺して懸命に生きてきた。今日、僕と出会ってからだって、僕から警戒されるんじゃないかと、内心はずっと震えてきたのだ。迷子になってしまった、独りぼっちの女の子のように。

でも安心して。僕がきみを、みつけたから。

その瞬間、ウェディングドレスを着た凜子の姿が僕の脳裏にぶわっと浮かんだ。綺麗だった。彼女がようやく知性の釣り合う男を見つけたのだ。笑顔で駆け寄っていく先に、白いジャケットを着た男の背中が見える。凜子が夢にまで見た光景だ。ふり返った男は優しく、強く、知的で、優雅で、それは間違いなく僕……

「百歩譲って、もし私が結婚願望強いなら男から警戒されてもしょうがないけどさ、結婚願望まったくないのに警戒されるから面倒なのよね」

凜子は肩を落として息を吐き、それから猪口の酒を一気に呷った。

あれ何かが予想と違う。

でもこのときは「そうなんだ」と答えるしかなかった。

「ニコライは結婚願望あるの」

めちゃくちゃ強い。べらぼうに強い。僕の心には五感と第六感に深く結びついた世界樹《ユグドラシル》のような結婚願望が屹立している。しかしそんなこと言える雰囲気じゃなかった。シャツの下の両腕には鳥肌が立っていた。

「結婚願望か。そのうち出てくるかもしれないけど」

「だよね、まだ二十代だもんね。だから私も年下の男の子と遊んでる方が気が楽なのよ。あ、なんかこんなこと言うと私の方が年齢差別してるように聞こえる？」

「い、いやぜんぜん」

「ならよかった」

凜子が僕の足の甲のうえに、自分の足の裏を載せて、左右に撫でている。その一振りごとに理性と感情が切り離されていく気がした。まるで全身を撫でられているような錯覚に陥る。僕は表情をそのままに保つので精一杯だ。チェイサーの水を一口飲んだ。

落ち着け、落ち着くんだニコライ。

たとえ結婚願望がなかったとしても、それは現時点の話に過ぎない。そもそも結婚なんて相手次第のはずじゃないか。

「ニコライはさ、東京に住む独身の女が、三十代に経験する人生って、想像つく?」

「ど、どうかな。そういう友達があんまりいないから……」

「二十代終盤から、叩き売りみたいにして結婚予備軍だった友達がみんないっせいに結婚していくの。それはもう、すごい勢いでね。一昔前みたいな派手な結婚式も流行《はやり》じゃないし、儀式自体にはお金がかからなくなってきたから、そのぶんハードルが下がってるのかもしれないわね。ニコライの周りでもそろそろ結婚ラッシュが始まってるんじゃない? 二十六でしょ?」

「う、うん。インスタに結婚写真をあげる知り合いがちらほら出てきてる」

「あと三年もしたらタイムラインはウェディングドレスで埋まるわよ。草一本生える隙がないくらいにびっしりと」

凜子はそう言って徳利を逆さまにして最後の一滴を猪口に落とした。店員を呼んでお替わりを注文する。とうぜん二合徳利だ。

「でも『女の幸せレース』は、それでゴールじゃないのよ。それはあくまでコーナーのひとつ。そこを曲がりきった子から妊娠と出産チャレンジがはじまるの。ここも攻略できる子と、攻略できない子がはっきり分かれる。もちろん選択的に産まない子もいるけど、それはそれで『子供はつくらないの?』っていう余計なお世話にもほどがある外部圧力によって無駄に体力を削られなくちゃいけない」

「……なるほど」

「妊娠からの出産チャレンジを早々に攻略した子は、その次に育児ステージ、お受験ステージへと進んでいくわけ。この各ステージでのパフォーマンスをSNSで発表していくのよ。二十年以上前、つまり私たちの上司の世代はこのパフォーマンス発表の場がなかったから、まだ修羅味は薄かったと思う。でもいまや血みどろの地獄レースよ。それにもかかわらず既婚で子持ちの女上司が、知った風にいまの若い女の子を論評するのを見てると、指でこう、ぷちっと潰したくなる」

凜子は右手を顔の前に持ち上げて、なにか些細なものでも摘まむように親指と人差し指の腹を合わせて力をいれた。

「『女の子の幸せレース』なのに、ゴールまでがぜんぜん幸せじゃないね」

「ていうか、このレースにゴールはないの。レースタイトルが『女の子の幸せレース』っていうだけで、その実態は全員が倒れるまでつづく単なる消耗戦よ。なんでかわかる?」

「恋のポンジスキーム」と僕は言った。

「なにそれ。団体アイドルの曲名?」と凜子が笑った。

「団体アイドルって、言い方が」と僕も笑った。「ちがうよ。ポンジスキームは詐欺の手法の名前だ」

「知らない。どんな詐欺なの?」

「詐欺師がカモを集めてこう言うんだ。『むちゃくちゃ儲かる投資があります。出資してくれたら、毎月その運用益を還元していきます』って。でも詐欺師は運用せずに、集めたお金の一部を『みせかけの運用益』として支払っていく。それでこの儲け話が本物だと思った人がより大金を出したり、他の新しいお客さんが参加したりして、カモをいっきに大量に囲う。そしてある夜、その詐欺師は煙のように消えちゃうんだ」

「あ、そういうのニュースで見たことある」

「うん。一九二〇年代にチャールズ・ポンジって詐欺師が開発した手法なんだけど、いまだに次から次へと現れるんだよ。なぜならポンジスキームに騙される人はいくらでもいるし、この詐欺を捕まえるのが本当に難しいから」

僕はそこまで言って、いったん水を口に含んだ。

「凜子の言う『女の子の幸せレース』がほんとうにゴールがないなら、ポンジスキームに似てると思った。参加してる子たちはただ消耗しているだけで、利益を得るのは他の人間だ。あるいは、人間たちだ。そしてある夜その人間たちは、ふっといなくなる」

「ある夜っていつ」

「彼女たちが『女の子』じゃなくなったときだよ。このレースは『女の子の幸せレース』なんだから。利益を得ていた詐欺師たちは次の場所に移るんだ。次の新しい『女の子』たちのいる場所に。消耗しきった元・女の子たちを残して」

「だから『恋のポンジスキーム』」

「うん。詐欺師は会社かもしれないし、友達かもしれないし、あるいは親の場合だってあるかもね。やっかいなのは、往々にして『幸せな女の子』の価値観を押しつけてくる相手が、まったくの善意から忠告してくることだろうな。自分が『恋のポンジスキーム』詐欺の犯人で、大切な人から搾取している人間だっていう自覚がない」

「そして世界はあふれかえるの」と凜子は言った。「幸せになりたい女の子と、幸せになりたかったはずの元・女の子で」

「アーメン」

「……クリスチャンなの？」

「ただ言っただけだよ。不謹慎だった？」

「不謹慎なこと、私は好きよ」

凜子がテーブルの上の僕の手を取った。僕らは向かい合って、お互いの足で触れあい手で触れあい、ほんとうにこんな奇跡的なことがあるのかと信じられないけれど、横から見るとちょうど二人でハート型を描いていた。いや、そんな気がした。彼女は自分の真っ赤な唇を軽く嚙む。それだけで恐ろしく性的な行為に見えた。彼女の中指が僕の手のひらの上でゆるゆると動く。

観念したように、僕の下半身が反応した。

いや、これは本能なんだ、と僕は内心凜子に言い訳した。あなたが色っぽすぎるから、鍛練を積んできた恋侍の理性であっても感情に寄り切られそうになるんだ。

おそらく凜子はようやく運命の相手を見つけた解放感で、これまで真面目に抑え込んできた本能がいっせいに芽吹いてしまい歯止めがきかない状態になっている。

――その人ヤリモクかもね。

突然さっきのモナコの声が脳裏に蘇った。

――教養あって仕事もできる三十代の美人が、無目的にアプリでその日マッチングした男と会うわけないでしょー。

ふ、と僕は鼻で笑ってしまう。

僕には分かる。これだけ頭が良くて美しい人が、性欲を満たすことだけを目的にしてマッチングアプリを利用するわけがない。これまで仕事に追われていた彼女に余裕が生まれ、初めての恋を、燃えるような恋愛と出会うためにアプリを立ち上げて僕に連絡してきたのだ。

「なにがおかしいの?」と凜子が訊いた。

「いや、なんでもないよ」

「私ね、さっきの『女の子の幸せレース』からは、とっくに降りてるの。だから、たまに同級生と会うとビックリするのよ」

「うん」

「前は同級生の子たちとも、一緒にバカみたいなことして遊んでたの。でも久しぶりに会うと、あの子たちは一緒に遊んでたときのことを『別の人生みたいに昔に感じる』って言うわけ。でもね、同じ出来事を、私はまるで昨日起こったことみたいに感じるの。レースを続けてる彼女たちは、私からは遠く離れた場所まで行ってしまって、しかもまだ走ってる。でもレースから降りてる私は、いまだにあの頃のまま、心地いい場所で楽しんでる」

「どういうことかな?」

「多分、私、中身が男なのよ。結婚に興味はないのはもちろんだけどさ、他の女の子と比べたら、恋愛にもそんなに興味ないし」

「……じゃあ、なにに興味があるの?」

「え、うそ。わかるでしょ」

凜子が真っ赤な唇を開き、中の白い歯を見せる。

「このあと、うちで飲み直さない? 美味しいワインがあるの」

……嘘だ。嘘だ嘘だあり得ない。

いまこれは、どういう状況なんだ？

もしかして、ほんとうに凜子はヤリモクでアプリを使い、ヤリモクで僕と会って、いままさに、家に来て一発ぶちかましてスッキリしようよと誘っているのか？　この知的で美しくてかなりエロい僕の運命の人が？　運命と書いてサダメと読む人が⁉

そんな馬鹿な、と僕はカラカラの喉に日本酒を流し込んだ。胃の中が熱くなったけれど、背筋はぞっとするくらい寒かった。

――このあと家かホテルに誘われちゃうじゃん、脱童貞できるね！　コンビニでゴム買っときなよ？

モナコの声がまた聞こえた。僕はその声を無視して確かめる。

「凜子の部屋に？」

「うん。タクシーですぐよ」

ヤリモクなわけがない！　もし、もし万が一、凜子がヤリモクだとしたら、今夜が初犯である可能性は限りなく低い。

だからこそ僕は信じないぞ！

凜子は純粋で奥手なお姉さんだ。たまたま僕が運命の人だから、彼女はその荘厳な扉をこちらにむかって開いたのだ。

ヤリモクはもっとはっきりとした特徴があるんだ。それは一流大学のテニスサークルあるいはフットサルサークルあがりの一部上場企業のエリート営業マンを見ても明らかだ、彼らは血液の代わりに水っぽく薄めた精液で血管のなかを満たしている。

巨匠の教えを思い出せ。ヤリモクには四つの特徴がある。

まず彼らは犯罪の一線を越えるレベルでボディタッチしてくる。

……いや、これはまぁ凜子もしてくる。でもこれが当てはまったとしても、他の三つはそうじゃない。

第二に彼らは女子の正常な思考を奪おうとやたらとアルコールを勧めてくる。

「ねぇニコライ、せっかくだから残り飲んじゃおうか。猪口かして」

「あ、うんありがとう」

いや、凜子も飲ませるけれども。

第三にヤリモク男はとにかく女子を褒めに褒めに褒め尽くし、柔らかい羽毛のような白い言葉で体中をくすぐりつづける。

「ニコライって話が面白いだけじゃなくて、創造力も豊かだよね。『恋のポンジスキーム』なんてユーモアと風刺の極致じゃない？　そんなことという人、初めて会ったかも」

褒めるけれども！

でもそれだって、純粋に恋愛感情を持っている相手にはふつうにすることだし！　部屋に招くのだって僕を紳士として信用してくれているからに他ならない。もしヤリモクの男なら、ここで必ず明日の予定を聞いてくる。ヤリモク第四の傾向だ。彼らは制限時間を気にして動く。なぜなら先ほどの一貫性の原理をはめ込むからだ。いちど「明日はとくに予定ないよ」と言わせてしまえば、帰ることを難しくさせられる。凜子はそんな際どい手は……

「ところでニコライ、明日の朝って早かったりする？」

ヤリモクだ！　凜子はヤリモクだ！

腕に立っていた鳥肌が、太ももにまで広がっていくのがわかった。

凜子は片手を上げて店員を呼び、「お会計お願いします」と両手の人差し指を胸の前で交差させた。

こんな感覚は生まれて初めてだった。

生命本能を揺さぶられる、極限の緊張。女性から性欲の対象としてみられる状況が初めてだったからこそ、その恐怖にも拍車がかかる。

あなたは蛙が恐怖のあまり竦《すく》み上がって、為す術もなく蛇に丸呑みされる映像を見たことがあるだろうか？　僕があの動画を見たときは、なんで蛙が逃げ出さないのか不思議に思った。だけどいまの僕は完全に蛙の状態を理解できた。あの蛙は蛇に睨まれた時点で、すでに負けていたのだ。すでに心は食べられていたのだ。

勝負はほぼついている。

あとは勝者のための時間だ。ウィニングランの時間だった。

この恐怖はきっと、ヤリモクの男に狙われた女性たちが日頃感じるものに違いない。だからこそ女性は、男性が女性を警戒するよりも強く、男性を警戒するのだ。こんな恐怖を浴びつづける精神的負荷は相当なものだし、逆にこのあまりのスリルに中毒になるようなこともあるだろう。

巨匠はこう言っている。

――一般的に男は征服本能が、女は防衛本能が強い。恋愛試合において男女は常に平等だが、お互いが抱えている本質的な視座の違いを理解しなければ、本当の勝利を勝ち取ることはできないだろう。

男女間の視座の違いは頭で理解していたつもりだけれど、それはあくまで机上で得た知識に過ぎないことがよく分かった。僕はいま、性的な安全を脅かされる恐怖を、鳥肌の内側にみっしりと感じている。

あのとき巨匠は「本当の勝利」とわざわざ強調して言った。僕はそのとき疑問に思ったものだ。勝利に嘘も本当もあるのだろうか？　本当の勝利とは、いったいどんなものなのだろう？　ノートを取っていた手を止めて、すこし考えてから僕はそのまま巨匠に質問した。彼は眼鏡の奥の目を、やさしく細めて教えてくれた。

——若き恋侍よ。これだけは決して忘れるな。本当の勝利とは、敗者もまた、勝者となるような勝利のことだ。

僕はこのままで勝者になれるのだろうか。それとも僕は敗者なのだろうか。

「お待たせしました、こちらになります」

店員が伝票を持ってきて、僕はそれを受け取った。合計八千円ちょっと、一人約四千円だ。大して食べてないからこんなものだろう、当初の見込みとほぼ同額だった。凜子に金額を見せると、彼女は現金で五千円札を出して「私の方が飲んでるからこれでいい」とおつりを受け取らなかった。

「そのかわり、うちに来る途中、コンビニでおつまみ買おう。そこはお願い」

……すごい、ますます断りづらい。とんでもない技術だ。いちども行くなんて言ってないのに、もう僕がこのまま彼女の家に行くのは既定路線だ。もともと僕が仕掛けた返報性と一貫性の法則を、いつの間にか彼女が僕にはめ込み、さらに強固なものにしていく。

会計が済むと凜子が席を立ち、僕もそれにあわせてよろよろと立ち上がった。

店を出ると凜子が僕の腕を取った。来るときとは違い、完全に僕の腕に手を回した。それはシマウマの喉元に食いついたライオンの牙のように、深く僕の腕に食い込んでいた。

まずい、ほんとうにまずいぞ。

僕が散々軽蔑している性欲が擬人化したような男ども、その女版が凜子だった。それなのに体が動かない。あるいは性欲男の犠牲となってきた女性たちもまた、このような状態だったのかもしれない。

僕らの歩く先に大通りが見える。大通りまで到達してしまえば、タクシーは次から次へとほとんど無限にやって来る。タクシーが向かう先は恋愛の出発点ではなく、性欲の終着点だ。

現在の僕らの歩速、障害物としての通行人の量、僕がぎりぎり自然に調整できる歩行ルートの範囲を合わせて計算すると、残された時間は百二十秒が限界だった。それまでに僕は心を奮い立たせて判断を下さなければいけない。

判断?

そう、判断だ。ここで一夜の快楽を享受することの意味と意義だ。

それはつまり？

「あ、あのさ」

「なあに？」

「せっかく飲みに来たんだし、もう一軒寄ってからでもいいよ？」

「あ、お腹空いてる？　そしたらうちでウバろ」

「いや、その、そうじゃなくて……。ほら、今日会ったばかりで、いきなり部屋にあがっちゃうと、凜子が怖がらないかなと思って」

怖がっているのは僕だ。でも、この確度がぎりぎり、いまの距離感を崩さない質問だった。僕はほんの少しだけ歩みを遅めた。

「いや、ぜんぜん。私が来て欲しいから」

「う、うれしいなぁ」

ぐい、と凜子が僕の腕を引いて歩速をもとのペースに戻す、というか、もとのスピード以上の歩速となった。おそらく僕が酔っ払って足元がおぼつかないと思っているのだろう。そのため僕の腕を取る凜子の腕ロックがより強固なものになってしまった。

どうしよう、と焦るばかりで気がつけばもう僕らは大通りにでていた。凜子が手を挙げた瞬間に、なんなら手を挙げる前からハザードランプを出していたんじゃないかと思われるタクシーが僕らめがけて走ってくる。

「でも、僕のどこが信用できそう?」

「信用っていうか、興味あるよニコライに。面白いから」

「面白いって、どのへんが?」

「えー」と凜子は笑って僕を見上げた。

綺麗な人だった。だからよけいに怖くなった。

凜子はタクシーのドアが開くと車に乗り込み、僕を腕ごと引っ張り込んだ。彼女の胸の膨らみに、僕の二の腕があたる。なんならブラジャー越しに乳首の場所を当てさせるような押しつけ方だった。

「初台《はつだい》の方に」

ドアが閉まり車が動き出す。

「ニコライは面白いよ」

「それって話が面白いってこと？」

僕は恋愛試合の対戦相手を、僕の可能な限りの技術で楽しませようと思っている。手前味噌じゃないけれど、僕の話は面白い自信がある。

「いや、話じゃなくて」と凜子は首を振った。

「……話じゃなくて？」

「キャラが。ニコライってキャラがすごく面白いのよ。でも自分じゃそのこと気づいてないでしょ？　自分の賢さには気づいても、面白さには気づいてない」

「……どうかな」

「そこがまたいいのよ。童貞っぽくて」

「……え」

「あ私ぜんぜん気にしないからそういうの。むしろありがたいっていうか、貴重っていうか、珍味的な……」

僕に性的魅力を感じている女性がいる。

しかし、それは僕が望まないかたちで求められている。ほとんど信じられないことではあるけれど、凜子は僕を、性的に消費しようとしている。

なんでこんなことになったのだろう。僕の誤算はどこにあったのだろう。

記憶が映像のように巻き戻っていく。

凜子が結婚観を語ったときか？　違う。あのときは既に彼女は僕に狙いを定めていたはずだ。好きな女性のタイプを訊かれたとき？　あのときだって既に僕は恋愛格闘家の間合いに入ってしまっていた。足が重なったとき、電話に立ったとき、酒の注文をしたとき、この店まで肘に触れられて誘導されたとき、それとも待ち合わせ……。

アプリだ。

僕は脳天からつま先にかけて雷が三往復するくらいの衝撃とともに、そのことに気づいた。

僕の手を握っている凜子の手の親指が、卑猥な蛇のように動いている。

アプリ利用者の多くは、住居や学歴といった個人情報を入力しない。しかし、相手から信用してもらうためにも、趣味や職種などの自己紹介についてはプロフィールにきちんと書き込む。

だからこそ話が早い。

アプリ登場以前の恋愛世界からは考えられないような話の早さだ。

アプリが一般化する前は、男女の出会いの場は合コンが一般的だった。

しかし合コンでは、その場で男女が集まるまで、相手に関する事前情報はほとんどない。わざわざ予定を空け、時間を作り、お金を使って合コンに出ても、外見や趣味や性格が、自分の好みとはまったく合わない人間しかやってこないこともざらだった。そんな時代が何十年もつづいた。

もうすこし精度を上げようとする場合には、今も残る伝統的な男女の出会い方法「友達の紹介」がある。しかしそこには友達のバイアスがかかり事前情報に偏りが生まれてしまう。

「私と同じインドア派って聞いてたけど、ゲーマーですか？　私はてっきり読書とか料理派かと思ってた。趣味がぜんぜん合わないじゃん！」

「え、パンクが好きなの？　音楽好きって聞いてたのに？　ばっかじゃねーの、音楽って言えば演歌だろ！」

と肝心な情報がミスマッチしていたり、あるいは「この人とこの人が付き合ったら私が楽しい」という紹介者の趣味が介入する余地がある。僕らの出会いはお前のためじゃない。

だがアプリは違う。

はじめから僕らはオープンカードで店を出し、誰かが店先にならぶのを待つ。客は客で自分のカードをオープンにしている。聞きたいことがあれば、実際に会う前にプロフィールでもメッセージのやり取りでも確認できる。もっといえば、プロフィールやメッセージに書かれていない機微情報でさえ、文体や写真から醸し出される雰囲気で推測できるような超人さえいる。

たとえば、凜子が僕の性体験履歴を想像できたように。

巨匠はアプリの本質を僕に尋ねた。あのとき僕は、自分の生活圏外の相手とも出会えるところにあると答えた。それ自体は間違っていない。でもその答えだけでは巨匠が納得しなかったのも当然だ。

なぜならアプリの本質は、自分の価値を、第三者に再発見されるところにあるからだ。

自分の生活圏内では自分の価値を発見してくれる人がいなくても、生活圏外にはいるかもしれない。そしてアプリには、ネットに接続しているあらゆる人類が僕の価値を、あなたの価値を見いだしてくれる可能性がある。

そのようにお互いの情報の精査がある程度済んだ状態で、恋愛試合が始まる。

だから進展が速い。異様に速い。さながらネフリの恋愛ドラマを1・5倍速で見るような速度感だ。

アプリの登場は恋愛市場の試合様式をがらりと変えた。

その本質的な意味を僕はようやく理解した。

世界の恋愛は加速する。

「そこを曲がってください。まっすぐいくとコンビニが出てくるからその前で」

凜子が指示を出す。大通りから一本逸れた静かな住宅街へとタクシーは進む。

加速された恋愛世界で、見失うものもあるだろう。

多くの人にとって、それは価値のないものだ。だからこそアプリは利用される。

でも僕にとってはそうじゃない。けっして自分から離してはならない、僕が誰であるかを教えてくれるものだ。

僕はそれを、手放したくない。

「なぜなら僕は、恋侍だからだ」

「え、どしたの?」

赤信号で止まったタクシーのドアを突然、僕は開けた。

「凜子、ごめん。今夜は楽しかったよ。そしてよく学んだ」

「は？　えちょっともうすぐなんだけど？　トイレ？　我慢できない？　え、ちょっとニコライ、ニコライーっ！」

僕は走った。

そのまま曲がってきた甲州街道めがけて全力で走った。通りに出るまで一度もふり返らなかった。額にはじっとりと汗が浮かんでいた。

僕の童貞は消費されるべきじゃない。そして僕自身は、大崎夏帆への想いを、恥にまみれたあの一夜を、自分を汚すことで消費すべきじゃないんだ。消化するんだ。恋侍はあらゆる経験を消化して、血肉にしなければならない。

加賀美凜子。凄まじい恋愛格闘家だった。

でも僕は自分を消費しない。あなたを消費しない。

僕は恋愛示現流免許皆伝の恋侍だ。この学びこそが僕の勝利だ。

横断歩道を渡り、周囲を見回した。タクシーでそれほど走ったわけじゃない。新宿までの距離を確かめようとしてスマホを取り出した。そのときに、電話が鳴った。「なんなんだよ、しつこいな」

僕は文句を言いつつも、すこしほっとした。電話は凜子ではなくモナコからだったし、彼女のお気楽なテンションによって心が軽くなる気がした。そういえば恵比寿で飲んでいると言っていた。もしまだ彼女が飲んでいるなら、これから向かってもいいかもしれない。

「もしもし、しつこいよ」

僕は電話に出て、わざとそっけない声を出した。

「あんまりしつこいから、デートの相手も怒って帰っちゃったし。どうしてくれるんだよ」

甲州街道をふり返る。ここから恵比寿に向かうならタクシーに乗ってしまってもいいかもしれない。モナコは黙ったままだった。

「あれ、聞こえてるのかな？　もしかして間違い電話？」

「うん」

「え……、そっか。なんだよ。じゃあ切るよ?」

内心がっかりした。自分が思ってた以上に、がっかりした。

そしてスマホを耳から離し、電話を切る、その直前で心臓が止まりそうになった。ディスプレイには「大崎夏帆」と表示されていたからだ。

間違えていたのは、僕だった。

「お、大崎さん? ごめん、あの、その、別の人と間違えちゃって」

「うん、いいの。私こそこれ、間違い電話じゃないの。いま大丈夫?」

「いいよ、平気、いつでも平気、大歓迎」

「さっき何度かLINEもしたんだけどね」

「あぁそうだったんだ。ごめん気づかなくて」

「いいの。ほんとうはこういう話、会って話さなくちゃいけないのは分かってるんだけど」

耳を疑った。それから〇コンマ〇三秒後に、この会話をなんとか録音する方法はないかと考えた。大崎夏帆から僕に「会って話さなくちゃいけないのは分かってるんだけど」なんて電話がある場合の内容なんて、いくつもない。もっとも可能性の高いのは二つで、その内の一つは「ホテルに行ったことはなかったことにして欲しいし、誰にも言わないで欲しい。そして私があなたと交際することはなんど輪廻を繰り返したとしてもこの世界線上では起こらない」というものだ。だけど、このような連絡ならあらためてするまでもなく、二週間前のそっけない一文でも効果は充分だ。

となるともうひとつの可能性だ。

この二週間という時間は、彼女の気持ちを整理するのに必要なものだった、僕らの高校時代のサッカー部エースであり、現在は一部上場商社の営業マンであり、なにより大崎夏帆の恋人である斉藤秀和との関係を、清算するのに絶対に必要とされる時間だった。その上で「ほんとうの自分の気持ちに気づいたの。ニコライ、あの夜をもう一度わたしとやり直して欲しい。不完全なものを、完全にして欲しい」という内容しか残っていない！

もちろん「お金を貸してほしい」「チケットを買ってほしい」「次の選挙では

○○候補に投票してほしい」というお願い電話であることも考えられるが、ラブホテルの一件後にそんな連絡をしてくるならむしろ清々しい、喜んで協力しよう。だが確率で言えば無視できるほど低いはずだ。

常識的に考えれば、これは高校のアイドル、天下無双の大崎夏帆からの告白電話だ。

加賀美凜子の誘惑は、この幸福に到る伏線でしかなかった気がする。そして僕は誘惑に負けずに、勇気を持って困難な選択をし、正しい答えを手にしたんだ。

これを録音しなくてなんとする。

人生で一度あるかないかという最大瞬間風速の幸福を記録するすべはないものか。だがスマホの電話音声を録音する術を僕は思いつけずに、最終的には「手書きでメモするか」と考えるまで追い込まれた。ここまでは○コンマ八秒だった。

「あのね」

僕はスマホを両手で握りしめた。あと一ミリ押し込めば顔面と一体化するんじゃないかと思われるほどつよく耳に押し当てた。そのときに、失われた記憶が蘇った。稲妻のような一瞬の閃きのなかで、ラブホテルでのできごとが僕の脳の内側に投影された。そしてニースが言った。

「あのね、ニコライ」

「うん」

「生理が来ないの」

感想戦　対　落合正泰戦（凜子の場合）

「なぜなら僕は、恋侍だからだ」

「え、どしたの？」

隣に座っていたニコライが突如、意味不明なことを口走った。その直後、彼は停車中のタクシーのドアを開け、それからどきっとするくらい真剣な眼差しでこちらをふり返った。

「凜子、ごめん。今夜は楽しかったよ。そしてよく学んだ」

「は？　えちょっともうすぐなんだけど？　トイレ？　我慢できない？　え、ちょっとニコライ、ニコライーっ！」

むりやりタクシーから降りて、闇雲に走って行く彼の後ろ姿に向かって叫んだ。あれだけ酔っ払っていたくせに、手刀を振る見事なフォームで甲州街道へとダッシュしていく。ここがサバンナなら走ったあとに砂煙が舞い上がりそうなくらい勢いのある走りだ。これは帰って来そうになかった。まいったな。

「お客さん、どうします?」

「うーん、ちょっと一分ちょうだい。すぐ決めるから」

「でも」

「メーターいれたままでいいから」

私はタクシーを降りて鞄のなかに手を突っ込み、電子たばこを取り出した。カートリッジをセットして道端で口に咥《くわ》える。この二時間くらいずっと我慢していたから、さっきから吸いたくてしょうがなかった。最初の一服目はニコチンが脳に届くのをぴりぴりと感じるくらい美味しく思えた。やっぱり吸いたいものを我慢してるのは不健全だな。プロフィールに電子たばこ喫煙者ってまた書いちゃおうかな。でもそれだけでマッチング率はけっこう下がるし、マッチングする相手の質も悪くなる。というかマッチング相手に喫煙者が多くなる。自分が煙草を吸っておいてなんだけど、私は喫煙する男が嫌いだ。

ふぅ、と夜空に向かって煙草の煙を吐いた。

たしか統計的なエビデンスもあった気がするけれど、喫煙者より非喫煙者のほうが健康的なだけでなく、年収も高かったはずだ。それ自体はどうでもいい。ただ年収が高い人間のほうが世間体を気にするし、世間体を気にする男のほうが清潔感があり、デート相手に乱暴を働く可能性も低くなる。もし「友達の紹介」というような信用担保がない相手、つまり「無担保くん」とデートをするなら、身を守るためにもせめて相手には非喫煙者を選ぶべきだ。それが合理的な選択だ。

「あーあ、禁煙したくないなぁ」

私は吸い終わったカートリッジをしまって、その場で大きく背伸びをした。

もうほとんど家の前だったけれど、このまま帰る気にはなれなかった。せっかくいい雰囲気だっただけに、ご破算になった喪失感はあとからずっしり来ると思う。それなら別の店でぱっと気分を変えた方がいい。私はまたタクシーに乗り込んだ。

「もう一回、来た場所のほう戻ってください」

「またですか？」

「うん、歌舞伎町のほう」

「はぁ」

「近くになったら道教えるんで」

「まぁいいですけど」

「まぁいいですけど？」私は訊きかえした。「まぁいいですけどって、どういう意味かしら？　しぶしぶ引き返すんですか？　私降りたほうがいいですかね？」

私が言うと運転手は大きなため息をついて、無言で車を発進させた。

自分が苛ついているのはわかってる。なにが癪かって、私が苛ついている理由が男に逃げられたことだという事実を、この運転手が知っていることだ。だからこそ運転手は不躾な態度を取ってくる。

ほんと、世の中こんなおっさんばっかりだ。男に逃げられたというだけで女を下に見るような男は、そもそも女を差別的な目で見ている。お前に逃げられたわけじゃないのに、なんでお前が偉そうなんだ。そしてこのような差別的な男の運転手にかぎって、例外なくバックミラー越しに私の胸元をじろじろと眺める。同じ車内で呼吸していることさえ私は不愉快になってくる。さっさと蓄電技術と自動運転技術が進んでおっさんがロボット化してくれないかと思う。そのためだけにテスラの株を買い増して応援したくなる。

タクシーがUターンをして、甲州街道に出る。

そこで偶然にもニコライが路上で電話をしている姿を見つけた。なにか深刻そうな顔をしていたように見えた。いま窓から顔を出して声をかけたらびっくりするだろうな。でもあっという間に彼の姿はタクシーの後ろに小さくなって行ってしまった。また彼に会うことはあるだろうか？　そう思って首を振った。会ったところで、ニコライは私にとって効率が悪すぎる。

「あら凜子、こんな早い時間にめずらしいわね」

店に入るとカウンターの奥のキネちゃんが咥え煙草のまま言った。古き良き時代の紙巻き煙草、セブンスターだ。

「しかも今日、金曜じゃん」

「ま、たまにはね」と私はカウンターの席に坐った。

「おやおや、あんまりご機嫌は麗しくないようね」

「そんなことないよ」

「どうせ男に振られたんでしょ」

「わー、ババァの勘って当たるから嫌いよ」

「これはババァの勘じゃなくてオカマのほうの勘よ」

「どっちも似たようなもんでしょ」

「失礼しちゃうわね。凜子もババァに片足つっこんでるくせに」

キネちゃんが言うと、隣のウスちゃんがくくくと声を出さずに笑った。おしゃべり好きのキネちゃんと対照的に、ウスちゃんはいつもほとんど口を開かない。キネちゃんと客のやり取りを聞きながらくくくくと笑って、注文が入るとフライパンを振る。それがオカマバー『モッチ』の二人組だ。自称三十代、実際の所はプラス二十歳くらいの年齢だった。

カウンター席では他にもう一人、常連のおっちゃんが店のテレビを見ていた。隣町で古い布団屋を営んでいるというスポーツ好きの七十代だった。キネちゃんはこのおっちゃんのためにわざわざスポーツの有料番組サービスを契約している。いまテレビでは白人同士のダーツ競技が流れている。音声はミュートされているからわからないけれど、テロップを見る限りおそらくロンドンで開かれているトーナメント大会の決勝戦だった。酔っ払いのおっちゃんがルールを理解しているとは思えない。まぁ、スポーツだったらなんでもいいんだろう。

「ナイスショット！」

ダーツがボードの中央に刺さって、おっちゃんが叫んだ。ぜったいにそんな掛け声じゃないと思う。とはいえおっちゃんがスポーツ中継を見ているときは、たいてい掛け声は「いいぞ！」「ナイスショット！」「畜生！」のどれかだ。アルペンスキーを見てるときだって「ナイスショット！」と叫んでいたのを私は知ってる。くくくくとウスちゃんが楽しそうに笑ってる。きっと私が考えていることが分かったのだろう。

店内には米米《こめこめ》CLUBの『君がいるだけで』が流れていた。キネちゃんが歌を口ずさみながら私のキープボトルを出していた。私は電子たばこをセットして口に咥える。彼女がずいぶんと濃い水割りを二つ作って、その片方を私の前に置く。「乾杯」と同時にグラスを持ち上げた。

「で、こんないい女を振ったのはどんな男なの？」と彼女は訊いた。

「若い子よ。二十六歳だって」

「んまぁ、今度はそんな子供に手ぇ出してたの？」

「未遂だって。まさに手を出そうとしたら逃げられたから」

「凜子の誘いを断るなんて、そうとう気の強い男の子だったんでしょうね」

「気が強い？」と私は聞きかえした。

「うん『俺を子供扱いするなんてプライドが許さない』って感じの。ヤンチャなタイプ?」

頭に浮かんでいたニコライの顔に、キネちゃんの言葉がどうにも重ならない。

「いやいや、ヤンチャとか、ぜんぜんそういうんじゃなくて。たしかにプライドは高いけど、方向性としてはヤンキーよりオタク寄り。あと、九割がた童貞」

「うわぁ、珍味」

「そう珍味なの。てか本人にも酔った勢いで珍味って言っちゃった」

「あんた酔うとそういうとこあるわよ、気をつけなさい? 本人傷ついちゃうから」

ほんと、キネちゃんの言うとおりだ。彼を傷つけていい権利なんて私にはなかった。

「ごめんよニコライ。もう遅いけど」

「ニコライ?」

「うん、あだ名なんだって。本名は落合くん」

「へぇ。で、その落合ニコライくんの顔はどうだったの?」

「ナイスショット!」

「ちょっとおっちゃんうるさい! 凜子、その童貞の顔は? 田中圭《たなかけい》にどれくらい似てるのよ?」

「なんで田中圭からの距離で測ってんのよ」と私は思わず笑った。

「圭ちゃんは『ふつうの男』の最高級版だからよ。一般人を真剣佑《まっけんゆう》みたいな神規格のイケメンと比べても意味ないでしょ。圭ちゃんと比べるからリアルなの」

「それなら私はその基準点、星野源《ほしのげん》がいいな」

「超わかるーっ!」

「いいよね」

「超いいわよおー! あーもう源ちゃんがフラッとうちの店入ってこないかし

ら！　しかもツンのほうの源ちゃんで！　『なんだこの汚い店は』とか言ってさ！」

「しかもデレの綾野剛《あやのごう》と一緒に？」

「あ、もう死んでもいい」

「あはは、てか私たちなんの話してんのよ」

「畜生！」

おっちゃんがテレビに向かって叫んで、私たちは爆笑した。まったく、彼女と話しているとすぐに話題が脇に逸れてしまう。おっちゃんはなにやらテーブルを叩いて悔しがっているけれど、私たちには関係のない理由だった。

「えーっとなんだっけ？」

「だから、凜子が陵辱した童貞くんの話よ」

「そんなことしてないわよ！」

「どんな男の子だったわけ？」

「……顔はふつうだけど、すごく手入れに気を遣ってて印象はよかったな。眼鏡をかけてて、肌が綺麗で、待ち合わせのときはミントを嚙んでる」

「あらいいじゃない」

「でも、先を急ぎ過ぎちゃったなぁ。うちで飲もうって言ったら逃げちゃった」

「予定でもあったんじゃないの？」

「いや、タクシーのドアを無理に開けて降りたから、本気の逃げよ」

「あらあら、きっとお姉さんの鼻息がずいぶん荒かったのね」

「お恥ずかしい」

私は言って、キネちゃんが笑った。

「男の子なんて、綺麗なお姉さんとなら好きじゃなくてもヤリたいもんだと思うけどねぇ」

私もそう思ってた。けれどニコライはギリギリのところで踏みとどまった。おそらく体は反応していたはずだ。それなのに彼は私の手を振り払って走って行った。正直なところ、私が手を握った男から逃げられるなんて初めてのことだった。

先を急ぎすぎたことが理由だろうけど、じゃあ時間をかけて何をすれば良かったのかというと、私にはまったく思い浮かばなかった。ゆっくり丁寧に会話をしたところで、結局確認したいのは性的魅力と誠実さだ。それに関しては、私とニコライは充分に確認し合っていた。私はこの分野についてはちょっとした権威だし、これまでの経験と勘から言っても、彼は必要充分以上に私に好意を抱いていたと思う。というか、あとすこし人差し指で背中を押せば、そのままの姿勢で恋に落ちていた気がする。私に。

まったく、自分のどこにミスがあったのか分からなかった。

でもキネちゃんと話していて、私はふと気がついた。

「あ、そっか。そういうことか。謎はすべて解けた」

「急になによ、名探偵みたいに」

「シャーロックっぽかった?」

「金田一《きんだいち》くんぽかった」とキネちゃんが新しい煙草に火をつけた。

「なんでニコライがタクシーから飛び降りたのかわかった。つか、いままで気づかなかった自分にうんざりする」

「どういうこと？」

「キネちゃんがさっき言ってたことと同じよ。あの子は誰とでもヤリたい男の子じゃなかったってこと」

「えーっと、だから？」

「ニコライは、好きな女の子とエッチしたい男の子だったの」

「……なるほど」

キネちゃんは私が言ったことについて考え、煙草を何口か吸って、思慮深く肯いた。

「それはうんざりするわね、そんなことに気づかなかった自分に」

「うん」

「考えてみれば、すごく当たり前だわ。好きな人同士でセックスしたいなんて」

彼女は煙草の灰を落として首を振った。

あらためて言葉にして聞くと、本当に当然のことだ。雲ひとつない青空を見上げて「天気いいな」と呟くみたいに当然のこと。でも声に出して指をさし事実を確認することは、物事を理解するのにとても大事なステップだ。

好きな人同士で、セックスしたい。彼はそう思ってた。

そして、私は、そうじゃなかった。

「でもさ凜子、それって、彼が童貞だからじゃない？　まだセックスと愛情が分離してないって精神年齢っていうかさ。そういうのって、いつか分離するじゃない。本当に好きじゃなくても、あるていど好きならセックスできるようになるじゃん」

キネちゃんが言った。私はお通しで出されたサッポロポテトをつまんで口にいれた。スナックが舌に吸いついてくるこの感じが好きだった。私はスナックを飲み込んで焼酎のグラスに口をつけた。

「そうね。というか大人なら愛情とセックスは分離すべきだと思う」

「すべき？」

「そう。セックスと愛情は分離すべきだし、分離させないのは傲慢よ。なぜなら愛情とセックスが結びつくとき、その接着には強力な支配欲が必要だから。セックスと愛情が結びついたまま、誰も傷つかなかった人間関係を私は知らない」

「誰かの言葉？」

「名探偵凜子」

私はベーカー街の探偵のようにパイプを口に咥えた。電源ボタンをいれてニコチンを吸い込む。できれば鹿撃ち帽もほしいところだ。

セックスは世間では過大評価されている。

セックスをスポーツとまでは言わないけれど、生殖機能を超える部分について言えば、単にコミュニケーション手段のひとつでしかない。避妊をすれば、残るのはコミュニケーション部分だけだ。それは握手やハグの延長線上にある行為となる。エッセンスとして羞恥心とエクスタシーが加わるものの、根本的にはセックスは非言語の会話と捉えるのがもっとも自然だろう。だから私は友達と寝るのも抵抗はないし、私以外と寝ないで欲しいなんていう独占欲も皆無だった。誰が「私以外と握手しないで欲しい」なんて思うのだろう？

もちろんセックスは尊い行為だし、他に代えがたい特別な悦びがそこにはある。

だから誰とでもその悦びを共有したいなんて私も思わない。

相手には相応量の性的魅力と誠実さが必要だ。でもセックスの悦びを共有するのに過剰な愛情――恋愛感情――は必要条件にならない。むしろ「完全に好きだ」「確実につき合いたい」「他の誰にも渡したくない」なんていう余裕のない恋愛感情は支配欲に直結し、間もなく相手も自分も血だらけにする。

「そんな面倒が嫌だから、彼氏を作る気になれないのよね」

私は一気にまくし立てるように話した。サッポロポテトの入っていた小皿はもう空になっていた。それまで黙って聞いていたキネちゃんは煙草を灰皿に押しつけて捻った。それからこちらを見て「ほんと凜子はすごいわよ」と小さく笑った。

「あ、いまバカにしたでしょ」

「そりゃバカにもするわよ」

彼女は可笑しそうに言って、煙草の煙を天井に向かって吐いた。

「男の子に振られたくらいで、そんな無茶苦茶な理論考えちゃうんだもん。自己正当化の鬼ね。気を抜いてたら信じそうになっちゃうわ」

「べつに無茶苦茶でもないじゃん」

「無茶苦茶よ。凜子の話のなかに性欲がでてこないじゃない」

私は自説をふり返り、すぐに「鋭いな」と唸った。

「人は頭じゃなくて性欲でセックスするもんでしょ」

「さっきは好きな人とセックスするって言ってたじゃん」

「うん、だから同じことよ。結局、みんなヤリたい人とヤルの。でニコライはそれほど凜子と寝たくなかったの」

「そんなの認めたくない」

「わかるわ。飲みなさい」

「ウスちゃん、麻婆豆腐《マーボーどうふ》ちょうだい。とびきり辛くして」

臼のように重心が低くてどっしりとしたウスちゃんは、私に向かって肯いた。そういえば夕食はろくに食べてなかった。なにか物足りない夜は辛いものを食べるに限る。舌を痺れさせて汗を掻けば気持ちは上向く。天井のスピーカーからは『翼の折れたエンジェル』が流れていた。

「ひゃー、畜生！」

布団屋のおっちゃんはテーブルを叩いて言った。テレビではダーツが中心からわずかに上にずれた位置に刺さっていた。私もうろ覚えではあるけれど、ダーツは中心に刺すことがすべてじゃない。トランプと同じように、遊ぶゲームによってルールが違い、どこにダーツを刺すべきかはそのつど変わってくるはずだ。おっちゃんがプレイヤーとは違うルールでゲームを見ている可能性は高い。そんなおっちゃんと一緒に、私はカウンターに頬杖をついてぼんやりとテレビを見ていた。

「心がモワモワする」と私は呟いた。

「モヤモヤじゃなくて？」

「違う、モワモワ。ここに来る途中からずっとしてる」

「それ、性欲よ」とキネちゃんは笑った。

たぶん違う。モワモワは衝動的な感情じゃなかった。あえて表現すれば、切なさと楽しさと懐かしさを混ぜて電子レンジにいれ、できあがったふっくらしたものに、おろし金でおろした残酷さを振りかけたような気持ちだった。そして、そのモワモワはなかなか冷めない。

お待たせ、とキネちゃんが麻婆豆腐の皿を置く。

花椒が大量に投入されるウスちゃんの麻婆豆腐は、舌どころかつま先まで痺れて震えるくらい刺激の強い食べ物だった。一口飲み込んだだけでもう汗が噴き出した。

「よくそんなもの食べられるわね」

辛いものが苦手なキネちゃんは顔をしかめてこちらを見ていた。

「キネちゃんも少しずつ食べれば慣れるよ。こんな美味しいものを食べれないなんて、人生損してると思う。どんな嫌なことも吹っ飛ぶ美味しさ」

「そうかしら？　私なら、そんな麻婆豆腐を食べずに済む夜を過ごすほうが幸せだわ」

「あームカつくわ、このオカマ」私が言うとウスちゃんがくくくと笑った。

「私は羨ましい、そのニコライって子」

ウスちゃんが言った。私は黙って麻婆豆腐を食べた。麻婆豆腐が辛すぎて、頭皮からだらだらと汗が流れてきた。ハンカチで汗を押さえて、それからグラスの焼酎を呷《あお》った。

「えー、童貞くんの何が羨ましいの？　これからセックスの気持ちよさを知るとこ？」

キネちゃんが言った。違うわよ、とウスちゃんが顔をしかめる。

「タクシーから飛び降りるくらい、彼は恋愛を真剣に考えてたわけでしょ？　それってすごくない？　でもさ、よく考えたら私も昔は本気で恋愛してたのよね。会えないとか、寂しいとか、振られたってだけで、生きる死ぬをやってた気がする。あの頃の感覚が懐かしいし、すごく羨ましい」

「わかるぅ。私も若いときはそうだった。すごくつらかったけど、すごく輝いてたわ、私」

「あんたは鈍く光ってただけよ」

「ウスに私のなにが分かんのよ」

フライパンを洗っていた手を止めてキネちゃんが文句を言った。それから
「あ、私わかっちゃった」と突然彼女は私をふり返った。

「なに?」

「凜子のモワモワってさ、ニコライくんへの憧れじゃないの?」

「童貞への?」

「純粋さへの」

「名探偵キネ子」

ウスちゃんが言って、私は思わず咽せてしまった。麻婆豆腐が喉の変なところに引っかかって辛さと刺激で悶絶した。

「ナイスショット！」

布団屋のおっちゃんが叫んだ。ＢＧＭのアン・ルイスをかき消してしまうくらいの大声だった。私たちは我慢できずに大笑いした。可笑しいのと辛いのとで私の目からは涙が出てきた。

私はチェイサーの水を一杯注文して、それを一気に飲み干した。キネちゃんは黙々と洗い物をこなして、ウスちゃんは自分の煙草に火をつけていた。キネちゃんもウスちゃんも、もう私のモワモワについてはなにも言わなかった。名探偵は事実を何度も指摘しない。

「キネちゃん、お会計して」

「もう行くの？　今日、金曜じゃん」

「ま、たまにはね。純愛映画でも見て寝るわ」

「そんな映画やめなさい、落ち込んで酒量が増えるだけよ」

キネちゃんはそう言って笑った。私は最後の麻婆豆腐を口にいれた。最高に痺れて、最高に美味しかった。

感想戦

対 落合正泰戦（モナコの場合）

「留守番電話サービスにおつなぎします」

七回コールした後でアナウンスが聞こえて、私は電話を切った。ヒック、としゃっくりが出て、右手で胸をノックする。

「ヒック」

「お客さん、酔っ払ってます？　大丈夫ですか？」

タクシーの運転手がバックミラー越しに私を見ていた。

「大丈夫！」

「でも……」

乗り込むときにうっかりつまずいてバックシートに盛大に転んだから、私が酔っていると勘違いしてるんだ。「車内で吐かれるんじゃないだろうか」と心配されながら乗るタクシーほど、居心地の悪いものはない。人を酔っ払い扱いしやがって。

いや、酔っているけれども。

でも自慢じゃないけど私はタクシーの車内で吐いたことなんて一度もない。どんなことがあっても必ずきちんと停車させてから、きちんとドアを開けて、きちんと車道に吐く。

「そんなの自慢にならないよ真帆ちゃん」

夏帆に前に言われたことがあったな。あの子は私とまったく同じ遺伝子を持っているくせに、なぜかいろんな機能が私よりも微妙に優れてる。格段に優れているわけじゃないけど、わずかに高性能だ。私よりもほんの少し睫毛が長いし、偏差値が高いし、胸の形がいいし、そして酒が強い。なぜだ。

「ヒック」

「お客さん気持ち悪いですか？」

「だから、こんなのぜんぜん酔ったうちに入らないし。私のろれつ回ってますよね」

「まぁ、はぁ」

「敬語も使えてますよね」

「そうですね」

「私、酔うと敬語使えなくなるんです、完全にタメ口になって人を罵倒して悪態つくんです、でも私まだそんなことしてないですよね？　だからまだ酔ってません」

「はぁ」

私は背もたれとドアの角にぐったりと寄りかかって足を伸ばした。スマホの画面を確認したけれど、なんの通知も入っていなかった。インスタを開いて金曜の夜の世間の動向をざっとチェックして、ＬＩＮＥを開いてスルーしていた幾つかの連絡にスタンプを押して返した。そして最後に、なんの新規連絡もないけれど、あの童貞眼鏡くんとのトークルームを開いた。こいつはまだ新宿で飲んでいるんだろうか。

ニコライ。不思議な奴だった。私がいままで会ったことのないタイプだ。夏帆は高校時代、ほとんど口を利いたことがないらしい。

「じゃなんで名前知ってるの？　あんまり目立つタイプじゃなさそうじゃん」

二週間前の中目黒で、夏帆と一緒にトイレに立ったときに私は訊いた。

「うーんとね、満員電車の中で、彼の足を踏んじゃったの」

「え、それだけ？」

「違うよ。ちょうど電車がスピードを落としてグラッて揺れたときだったから、ものすごい体重が乗っちゃったのね。きっと子供だったら骨折させちゃったかもしれないくらい思いっきり踏んづけちゃったわけ。まずいと思ってすぐに『ごめんなさい』って謝ったんだけど、彼はぜんぜん怒らなかったの。それどころか『どういたしまして』とか言われて」

「はぁ？　意味分かんないんだけど」

「意味分かんないよね。しかもそのときの彼の表情がまた、すごかったの。きっとすごく痛かったからだと思うんだけど、いろんな感情でグッチャグチャになってるよく分かんない顔してて。顔芸的な？　ほら船越英一郎《ふなこしえいいちろう》とか香川照之《かがわてるゆき》とかがお芝居でやりそうっていうか。すごくインパクトあったんだよね」

「それを超至近距離でくらいながらの『どういたしまして』か」

「うん。すごいでしょ」

「すごい。見たい、すごく見たい」

「でしょ？　クラスが一緒だったのは一年生のときだけなんだけど、むしろ二年生の満員電車事件のせいで落合くんの名前忘れられなくて」

夏帆は言った。ぱっと見はスカした感じの夏帆の同級生が、がぜん面白く思えてきた。どうしても香川顔が見たくなった。

「そんで怪我はしなかったのかね？」

「うん、電車降りるときは足を引きずってた気がするけど、何日か後で廊下ですれ違ったときにはふつうにてくてく歩いてた。下を向いてたから、なんとなく声をかけづらくて。それが最後」

「ヒック」としゃっくりが出て我に返った。

私のしゃっくりのせいで運転手の肩がびくっと動いた。まったく、小心者の運転手め。まだ私が酔っ払っていると疑っているんだろうか、ちゃんと敬語も使っているのに。

それにしても喉が渇いたな。水が飲みたい。でも飲み物は何も持ってない。しかたなく私は鞄を引き寄せて手を突っ込み、ミントケースを取り出して、中身のひとつを口の中に放り込んだ。ナッシング・バット・ア・ミント。ミントがあればなんとかなる。窓をさらに広く開けて風を浴びた。

「これ、なんで進まないんですか？」

「さぁ、どうですかね。事故か工事ですかね」

そりゃそうだろう。まさか動物園から逃げ出したペンギンの群れが魚屋のトラックを襲っているための渋滞とは思わない。それにしてもさっきからほとんど車が進まない。前を見るとテールランプの連なりが幹線道路を埋めつくし、赤い大河の流れのように見える。

「ねぇ、運転手さん」

「……え、気持ち悪いんですか？」

「だから違うって。どうせしばらく進まないんでしょ？」

「もうちょっとかかりますかね」

「だったらそこに車止めていいんで……」

「ここで降りますか？」

「いや、自販機で水買ってきてもらえないかしら」

「行くわけないでしょおが！」

意外としっかり突っ込んでくれたので私は笑ってしまった。声の感じは三、四十代の男だった。「なんだこの人は、冗談じゃない」と言っているので、本気で怒っているのかもしれない。それなのに私を降ろそうとしないところが気に入った。もうすこしいじってみようかとも思ったけれど、これ以上怒られて降ろされるのも嫌だったし、そこまで酔ってもいなかった。私がもっと酔っていたならあと三回は同じことを繰り返していただろう。

たとえば夏帆とニコライと飲んでいた夜みたいに。

あの夜はニコライのリアクションの楽しさもあって、いつも以上に遊んでしまった。ニコライが物知りなのは確かだろうし頭もきっといいのだろうけど、いかんせん根が真面目なぶん、なにを考えているのかが手に取るようにわかった。たとえば、元カノがどんな女か教えろと訊くと、そのときの表情だけでもう彼に恋愛経験がないとわかるように。私にとってはそれだけでもじゅうぶんに面白い。いや、もちろん私だって超能力者じゃないからニコライの考えていること全部がわかるわけじゃないけれど、でももし私にわからない彼の考えがあったとすれば、それは私の想像を超えて面白いことを考えているのだった。

そしてあまりにも面白くていじりすぎてしまい、最終的にニコライはバーを出て行ってしまった。あのときはさすがにやり過ぎたと反省した。

「ちょっと追いかけてくるわ」

「えー、いいんじゃない？　もうすぐヒデもくるし」

「それごめん、ヒデ断っといて」

「ちょっと！　真帆ちゃん！　もー、いつも勝手なんだから！」

「でも夏帆だって楽しんでたじゃん！」

「そりゃ楽しかったけど……」

「きっと私たちがやり過ぎたから怒ったんだよ。行って謝って連れ戻してくるから」

「そんなに怒ってた？」

「怒ってたっていうか、傷ついてたってのが近いかも」

「そしたらもう私たちに会いたくないんじゃないかしら」

「だからちゃんと謝ってくるから。私は嫌われるのはいいけど、恨まれるのは嫌なのよ。このままだとぜったいニコライに恨まれる。根に持ちそうだもんあいつ。それにいま帰られたら、賭けの約束を私たちが守らないみたいじゃん。とにかく私が戻ってくるまで待ってて」

そう言って、私はバーを飛び出して地上への階段を駆け上がった。

道は人気《ひとけ》も少なかったし、遠くを千鳥足で歩いているニコライの姿はすぐに見つかった。私は全力で走ってニコライまで追いつき、悪ふざけが過ぎたことを謝るつもりでいた。自分の悪い癖は私もわかってる。心から反省だってしてる。じゃなかったら酔っ払ってるのにわざわざ走って男を追いかけたりしない。

それなのに、ニコライの肩に手を掛けた途端、出てきた言葉は謝罪じゃないばかりか、むしろ謝罪とは正反対の暴言だった。

「ニコライ、なに勝手に帰ろうとしてんだよ。さっきまで朝まで飲む気まんまんだっただろ！　逃がさねーぞこのやろう」

「え、な、どうして」

「どうしてもこうしてもそうしてもじゃない！　私が帰っていいって言う前に帰ったじゃん。そんな権利、ニコライにはない！」

本当に、自分でもどうしようもないなと思うけれど、これが自分なのだから仕方ない。

ニコライの目はアルコールのせいで赤く充血していた。彼は彼で相当酔っているようだった。

「でもこれから斉藤がくるんだろう？　きっと彼は僕と会いたくないんじゃないかな」

「あんたがヒデに会いたくないんでしょ」

「違う、そんなことない！　でも、恋人同士の邪魔をするのも悪いから！」

「大丈夫だよ、ヒデはもう来ないから」

「え？　なんで、さっき来るって」

「用事ができたんだって」

「来ないの？」

「来ないわよ」

「嘘だ」

「嘘じゃないって」

「ぜったい嘘だ！」

「だから嘘じゃないって！」

「モナコ、わかってるぞ！　これは僕を嵌《は》めようとしている嘘だ。孔明《こうめい》の罠だ！　これで僕がバーに戻ってみろ、そこにはスーツの胸に金の社章をつけた斉藤が仁王立ちで待ってるんだ！　満面の笑みでな！　そして斉藤は力ずくで僕を倒して、足首を荒縄できゅっと結んで、あのバーの天井から僕を逆さ吊りにして火あぶりにしながら、バカラのグラスで酒を飲むんだクソが！」

「なにわけわかんないこと言ってんのよ！」

面白すぎた。規格外の面白さだった。私も人から面白いとか楽しいとかおかしいとか言われることもあるけれど、ニコライのレベルは常軌を逸している。

これは手放しちゃいけない。

と彼の襟首を摑んで、ほとんど引きずるようにして私はバーに向かって歩き出した。まだまだニコライで楽しいお酒が飲める。とんでもない掘り出し物だ。

「ちょっと、ちゃんと歩いてよ！」

といっても、当の私だってまともに歩けてはいなかった。ついうっかり忘れていたけれど、私はおそらくニコライ以上に酔っ払っていた。自分よりも体の大きな男を、無理に引っ張りながらふらふらふらと歩いていれば、足がよろけてバランスを崩すのも当然だったかもしれない。

ただ、たまたま場所が横断歩道の手前だった。

静かな明け方の車道にクラクションが鳴り響いた。

私がなんとか車をよけようとすると、今度はガードレールに向かって思い切り体が倒れ込んだ。たとえガードレールでも上から落ちれば血を見るような大惨事になる。大根が真っ二つになるやつだ。あぁあ、これはやっちゃったな。

そう思ったのを覚えてる。

でも実際には、私は怪我ひとつしていなかった。

なにがどうなったのかわからないけれど、確かなことはニコライが私を庇って助けてくれたってことだ。私が我に返ったとき、ガードレールの下でニコライは横になっていて、その上に私は覆い被さっていた。

「モナコ、大丈夫か？」

ニコライが訊いた。私は擦り傷ひとつなかった。私の胸にニコライの手が置かれていたけれど、彼はそのことにも気づいていない様子だった。必死だったんだと思う。

「おいモナコ、大丈夫か⁉」

ニコライが強い口調でいい、私の意識はようやくはっきりしてきた。

「え、うん、それより……私の心配なんかよりニコライは平気なの⁉」

私がどくとニコライは体を起こした。それからぐったりとガードレールに寄りかかり、足を歩道に放り出して坐った。

「ねぇ、ニコライ」

「平気だよ、静かに喋ってくれ」

「ほんとに？　けっこうな音したよ？」

「頭はぶつけてない。ということは一番大事な部分は守れてる。僕の一番大事な部分は頭だ」

もっともなことを、もったいぶって酔っぱらいが言った。

「でも二番目以降に大事な部分が怪我してるかもしれないじゃない」

「気にしなくていい。別にきみの大事な部分じゃない」

「ほんと面倒くさい奴だな」

「ほっといてくれ」

私はため息をついた。

「ニコライ、あんた足を怪我したことある？　捻挫とか、骨折とか」

「なんだよ。あるよ。足の小指の骨折」

「いつ」

「高校時代」

やれやれ。やっぱり電車の中で足を踏まれてニコライは足を怪我してた。それなのに怪我をさせた夏帆の前では、わざわざふつうに歩いてみせたってわけだ。いま私が彼の怪我の心配をしても、ちゃんと答えてくれるかわからない。

それにもうニコライの目は据わってる。これは明日の朝になって覚えてるかどうかわからない領域だ。二日酔いで朝起きたら原因不明の怪我をしている、私にもそんな経験がある。

まいったな、と私は夜明けの空を見上げて頭を掻いた。

「ニコライ、腰は打ってない？　大事だぞ腰は」

「痛くない」

「足はどう？　足首とか膝とか。怪我してそう？」

「いや」

「じゃ歩けるな」

「歩けるよ」

「ほいじゃ、次。手と腕は？」

「…………」

「おいニコライ」

「……なんだよ」

「手と腕は」

「平気だよ」

「ほんとなんだな、信じるぞ」

「あぁ」

「じゃあ唇は」

「なんで唇」

なんでだろう？　私はキスをしてからそう思った。

なんで私、キスしてるんだろう？

でも、気持ちのいいキスだった。

決して短いキスじゃない。その間、ニコライは電源が切れたみたいにピクリとも動かなかった。私はニコライの頬を手で撫でて、それから、これ以上ないくらいにゆっくりと、唇を離した。

「ニコライ」

「…………」

「おいニコライ、なんか言え！」

「孔明の罠だ」

「なにまだ訳わかんないこと言ってんのよ！」

私は立ち上がって腰に手をついた。立ち上がると酔いが回ってくるのは店でも外でも同じことだ。しかも危険を感じて心拍数が上がったぶん、頭痛がひどくなっていた。キスの余韻もなにもあったもんじゃない。

「ほら、もう行くぞ！」

私は無理矢理ニコライを引きずり起こして、それから最後の力を振り絞って夏帆の待つバーへと連れて行った。

翌朝、私はひどい二日酔いに苛まれながらも、ニコライにLINEで連絡をいれた。

——昨日は楽しかったね。どこも痛くない？　ニコライはちゃんと帰れた？

もしニコライがキスのことを覚えているなら、なにかしら触れてくるだろうと思った。

——こちらこそ最高に楽しかった！　ありがとう。ちゃんと帰って来ました。

どうやらキスのことはまったく記憶にないっぽい。怪我についても触れてないから、おそらく体も平気だったのだろう。これについては信じるしかないし、彼に怪我がないなら、まぁいっか。もう会うこともないだろうし。

そう思って私はスタンプすら送らずに会話を終わらせた。

また会いたくなるなんて、そのときの自分は想像すらしてなかったから。

「事故でしたね」

運転手が言って、私はタクシーの外を見た。どうやら自動車事故で幹線道路が塞がっていたらしい。事故現場ではボンネットが凹んでフロントガラスにひびの入ったクーペが道の脇に寄せられていた。警察官やら作業員やらがまだあたり一帯を囲んでいる。そこにペンギンは一羽もいなかった。事故現場を抜けると通りは嘘みたいに流れ出した。

「もうすぐ近づきますけど、どの辺に止めますか?」

スマホでＬＩＮＥを開いたけど、相変わらず返信はない。

やっぱりあのときもっとしっかり訊いておけば良かった。でもこうなったらしかたないな。ひとまず降りて連絡を待つか。あの眼鏡、きっとびっくりするだろうな。

「歌舞伎町なら、どこでもいいわ」

私は言った。なんだかとても、いい気分だった。

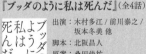

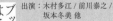

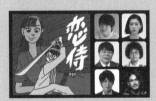

対談

現代アーティスト 杉田陽平

×

作家 柴崎竜人

リアル恋侍、恋愛を語る。

かくして幕を閉じた（?）『恋侍』の作者・柴崎竜人さんは、本人も恋侍なのではないか!?真相を探るべく画策された対談のお相手は、二〇二〇年秋放送の『バチェロレッテ・ジャパン』（Amazon Prime Video）に出演し一躍脚光を浴びた、現代アーティストの杉田《すぎた》陽平《ようへい》さん。一七人の独身男性が一人の女性（バチェロレッテ）を巡って「真実の愛」を摑む、恋愛リアリティ番組での大活躍は、まさに恋侍だった――。終始大盛り上がりの恋愛トーク、開幕です。

［構成］吉田大助

柴崎 本日は対談をお引き受けいただきありがとうございました。実は『バチェロレッテ・ジャパン』を拝見したのは、編集者から「本の巻末で、杉田さんと対談を」という提案をいただいた後だったんです。最初は対談の意図がよく分かっていなかったんですが、観始めるとまずは番組自体に魅了されました。一七人の男性たちが、福田《ふくだ》萌子《もえこ》さんという完璧美女に立ち向かっていき、一人また一人と撃沈していく。その戦いの中で、杉田さんはどんどん成長していきますよね。あえてこう呼ばせていただきますが、「杉ちゃん」の大ファンになってしまいました!

杉田 光栄です。

柴崎 番組では杉田さんのアーティストとしての姿だけでなく、言葉を本当に大切にしている方だということが端々で映し出されていました。「杉ちゃんの言葉が聞きたい!」と思いながら、番組を観続けていった感覚があるんです。僕は今回『恋侍』という小説を書いたんですが、主人公のニコライ(落合正泰《おちあいまさやす》)は「恋愛示現流免許皆伝」というけったいな看板を背負い、女性たちとの恋愛に挑んでいきます。その時に彼は何を武器にしているかというと、言葉なんですよ。何が言いたいかというと、杉ちゃんは僕が考える理想の「恋侍」です。

杉田 いや、落武者ですよ！ 敗れ去っても生き長らえている、亡霊です……。

柴崎 いやいやいやいや(笑)。

杉田 僕も勢い止まらず『恋侍』、一気に読ませていただきました。落合くんは、デートしながら脳内で余計なことをめちゃめちゃ考えてしまうじゃないですか。相手に何を言おうか考えすぎて空回りして、最終的にチョイスした言葉でスベるというような場面が何度か出てきましたが、あれ、まんま僕の日常です。例えば美しい女性と出会った時に、外見を褒めるのは失礼な人だと思われるんじゃないかなと考えて、「頭いいですね」と言ったら逆効果になっちゃった、みたいな。落合くんの空回り加減、相手にもてあそばれる感じは、まったく他人事ではなかったです(笑)。それと、僕は普段絵を描いているんですが、絵は基本的にワンシーンしか見せられないんですよね。人間の内側のどろどろとした泥臭さというか生々しさを、ストーリー仕立てで、文脈立てて伝えられるのは、小説というメディアの良さだなと感じました。

柴崎 『恋侍』は六年前に「東京カレンダー」とい

う雑誌のwebサイトで連載した短編小説が元になっています。とても自由に書かせていただいていたため自分でも楽しさを追求するようになり、ニコライの内面を綴るモノローグが「むちゃくちゃに」膨れ上がることになった。それが、前半の双子戦(「第一試合 対 大崎夏帆戦」)なんです。

杉田 掲載誌に「東京」と付いていたから、中目黒の街をクローズアップしようと思ったんですか?

柴崎 いえ、中目黒ではじまるストーリーというのは当時の編集者からのオーダーでした。すごく個性のある街なので、ニコライのキャラクター造形に大きく影響していると思います(笑)。この本の成立過程をもう少しお話しさせていただくと、その後アミューズという僕の所属するプロダクションから、音声だけのドラマコンテンツにトライしたいから一緒に企画を作って欲しいと声をかけてもらい、僕から何本か提出した企画のうちの一つが、本作の音声ドラマ化でした(※「NUMA」にて配信中)。それから双子戦を脚本に落とし込みリライトし、主演を神木隆之介さん、双子役を三吉彩花さんに演じていただいたところ、自分の中で登場人物たちの存在感が生々しく立ち上がってきたんです。彼らの「その後」を知りたい、彼らはいったいどうなったんだろうと心が急に騒ぎ出した。旧知の編集者にその話をしたところ面白がっていただき、続きを書いて本にしていただけることになったんです。

恋愛のセッションを通じて自分を知り、自分を成長させる

柴崎 『バチェロレッテ』で面白かったのが、男性たちが同じシチュエーションの時に取っている行動はそれぞれ違うこと。それを見比べることで、学ぶことは多かったです。

杉田 『バチェロレッテ』って、振る舞いと言葉の世界なんです。なおかつ萌子さんが、肩書きや容姿で人を見ない人なんですよ。「あなたの中身が知りたい」と常日頃、他の男性たちにも言っていたんです。ですから普段の恋愛以上に、言葉は大事でしたね。

柴崎 完全な言葉は存在しないし、完璧な行動も存在しない。行動と言葉って、常に補完関係にあると思うんです。恋愛における言葉の価値の重要性は、この小説で提示してみたいところでした。

杉田 分かります。空回りしているとはいえ、女性に対してこんなに言葉を尽くせる落合くんは、素敵ですよ。非モテって言葉があるじゃないですか。僕自身、モテるということに対してコンプレックスなり憧れはあるんですが、非モテってそんなに格好悪いことじゃないよなと思っているんですよね。だから僕、落合くんが格好悪いというふうには全然見えなかった。イケてるとまでは言わないですが、ダサくは感じない。むしろ恋愛でもなんでもスマートに、合理的にできてしまえる人の方が、魅力や味が欠如しちゃって

いるんじゃないかなと思うんです。

柴崎 ニコライというキャラクターには過去の自分も反映されていると思うので、今のお言葉はすごく嬉しいですね。僕自身の人生を振り返ってみると、好きになった女性がいて、告白して、フラれるというパターンが多かったんです。その過程でニコライみたいに、頭でっかちに「恋愛とは?」みたいなことを考えていった。全く結果には結び付かなかった過去のその経験が、『恋侍』に結びついたんだと思うと多少報われたのかな、と(笑)。

杉田 人間描写が素晴らしいんです。しかも落合くんだけではなく、対戦相手となる女性の側の一つ一つの言葉や行動にもリアリティを感じるんですよね。僕も女性の絵を描く時は、街を歩いている女性のことを観察したり、今まで付き合ってきた彼女のことを考えたりしながら、できるだけ内面的な部分も表現できればと意識しています。特にこういった男女の恋愛を主軸に据えた小説の場合、女性の気持ちを、ある意味では女性よりも知っていなければ書けない気がするんですが、柴崎さんはそこが本当にお上手ですよね。

柴崎 二〇代後半から三〇代前半にかけて、女性たちからやたら恋愛相談を受けていた時期があるんです。二八歳で小説の賞をもらってデビューし、恋愛ものの小説を出したことが理由だったと思うんですが、ひどい時は何人も「クライアント」を抱え(笑)、毎晩のように電話や飲み屋で話し相手になっていました。とにかく相手の話をじっくり聞いて、男の目線から、自分なりにアドバイスをする。それに対する女性の側からの意見を聞き、次のデートの方針を固める。結果がどうなったのかというフィードバックもまた、次回に受けることでアドバイスの精度も上がっていくわけです。男性の心理と女性の心理、両方と向き合いながら恋愛相談にのめり込まされた経験が、今回の作品に生きている気がします。

杉田 小説の中で書かれている男女の会話が、本当に生き生きしているんですよ。まるでジャズのセッション(即興演奏)のようでした。たった一言で会話の方向が変わってしまうから、次にどちらに話が進むのか予想できない。めちゃめちゃスリリングでしたし、時おりめっちゃ笑えました(笑)。

柴崎 ジャズのセッションとおっしゃっていただいたのは、我が意を得たりです。この小説は今までと違い、事前にプロットは一切立てず、頭から順々に書いていったんです。

杉田 僕が絵を描く時と同じですね。先に設計図をきちっとイメージしてから描いたものは、うまい絵にはなるけれども、エキサイティングな絵にはならない。それは描き手にとってもそうですし、見る側にとってもそうだと思うんです。

柴崎 僕も今回、そこを実感しました。着地点がわからないまま物語を進めることには怖さもあるのですが、この小説にとってはこの書き方がベストだった。そもそも、恋愛そのものがセッションだと思うんです。どれだけデートをシミュレーションしていても、現場に行くと一瞬でいろんな想定が崩れて、セッションが始まる。面白かったのが、執筆中は何を心がけていたかというと、僕としてはニコライのリアクションが一番見たいから、女性を積極的に喋らせるようにしていたんですね。そうしたら、僕自身も知らないニコライの個性が次々と出てきたんですよ。

杉田 相手との即興の掛け合いで自分らしさが生まれるというのは、『恋侍』を読んでいても感じたことですし、『バチェロレッテ』に出演した際、自分の身に起こったことでもあるんです。バチェロレッテが萌子さんではなく他の女性だったら、あいう自分は出てこなかったと思うんですよね。相手が萌子さんではなかったら、僕がここまで番組でフィーチャーされることはなかったと思う。萌子さんが僕を、花開かせてくれたんです。男性は女性によって成長したり変わったり、自分を発見したりすることって、大いにあるなと思うんです。もちろん、逆のパターンもあるわけですが。

柴崎 そこがまさに恋愛の面白いところですよね。自分を晒すのって、恐ろしいじゃないですか。でも本気で恋愛をするなら、自分を晒さざるを得ない。その恐ろしさと対峙することで、はじめて自分がどういう人間かを知っていく。そしてもし自分の弱いところが見えたなら、他の人の弱いところを認めてあげられるようになる……。人を好きになる気持ちには、人を成長させる力が宿っています。

愛は探すものなのか感じるものか
『恋侍』の続編はどうなるのか!?

柴崎 杉田さんは三人の女性のうち、どなたがタイプでしたか？　僕は三人ともタイプなんですが(笑)。

杉田 第二試合で登場する年上女性の凜子ですね。二五歳の時、一二歳年上の女性と付き合っていたんです。過去に付き合った女性の中でもインパクトのある人だったので、当時の思い出を重ねながら読みました。小説の中に、彼女から言われたのと似たような言葉が出てくるんですよ。例えば、『「三十代の独身女」ってだけで警戒する男はごまんといるのよ」「結婚願望まったくないのに警戒されるから面倒なのよね」と。落合くんは凜子とマッチングアプリで出会いますが、僕も昔マッチングアプリをやっていて、その時出会った女の人から言われたことを思い出したりもしました。凜子の〈セックスの悦びを共有するのに過剰な愛情——恋愛感情——は必要条件にならない〉というモノローグは、同じようなことを面と向かって言われたことがあります。

柴崎 僕自身は、マッチングアプリが世間に台頭してくる前に結婚してしまったので、全然使うチャンスはなかったんですよ。杉田さんはマッチングアプリを使ってらっしゃったんですね。

杉田 当時の自分を思い出すと、あの頃が一番「恋侍」だった気がします(笑)。ぜんぜんうまくいかなかったんですが。柴崎さんは、ご結婚されているんですね。

柴崎 三七歳で結婚しました。僕は二〇代後半から三〇代中盤まで、自己肯定感がずいぶん低かったんです。たとえ好意を抱いてくれる人が現れても、自分なんかに好意を抱いているという点で「人を見る目がないんじゃないだろうか」と思ってた。今思えば「何様だお前は」って感じですが(笑)。自己肯定感があまりに低すぎて、袋小路に入っちゃっていたんですね。そんな時に出会ったのが、妻でした。妻は僕と正反対の自己肯定感の権化のような人で、僕の袋小路を正面突破してくる馬力の持ち主でした(笑)。『バチェロレッテ』風に言うと、僕はそれまで「真実の愛」を探していたんですが、探しても見つからなかった。愛は探すものじゃなくて感じるものだと腹を決めた時に、結婚という選択肢に素直に向かっていけたし、そこで世界の見え方が変わったんです。

杉田 奥様が「恋侍」ですね！

柴崎 本当に(笑)。杉田さんは今、恋愛に関してどんなモードですか？

杉田『バチェロレッテ』に出たおかげで、アート業界以外の方にも自分の名前を知ってもらえたり、お仕事の幅も広がりました。ありがたい状況にはなっているんですが、恋愛に関しては正直、女性不信になっている部分があるんですね。というのも、『バチェロレッテ』の僕を観て、「好き」と言ってくださる方がまれにいるんですよ。でも、『バチェロレッテ』に映っている僕は、僕の一部でしかないわけなんです。自分で自分に「勘違いしちゃダメだぞ」と言い聞かせながら暮らしているうちに、女性からの好意のようなものを感じても信じられなくなってきた（苦笑）。このところ出会う人は、『バチェロレッテ』を観ている方がほとんどなので……。

柴崎　『バチェロレッテ』の杉田さんは、杉田さんの全部ではないけれども、一部ではあるわけじゃないですか。普通は出会った後で時間をかけて知っていく大事な一部を、相手はあらかじめ知っているという状況は、特殊ではありますがそう悪いことばかりではないかもなと話を伺いながら思いました。一番大切なのは、杉田さんがその相手のことを本当に知りたいと思うか、相手の心に本当に近付きたいと思うかどうかではないかな、と。

杉田　確かに、そうですよね。結局のところ、僕自身がその相手との恋愛に一歩踏み出せるかどうか。たとえフラれたとしても、やっぱり自分から「好き」と言いたいタイプなんです。

柴崎　うん、うん。

杉田　その意味では、『恋侍』は恋愛マニュアル本や自己啓発本のように「恋愛しろ！」と焚き付けてくる感じはないんだけれども、人が誰かを思うこと、相手の心に思いを巡らすことっていいことなんだよなぁと、じわじわと沁みてくる。結果的に、一歩を踏み出したくなる本でした。ただですね、ひとつ気になっていることがあるんです。

柴崎　えっ⁉

杉田　これ、続きはどうなるんですか‼

柴崎 どうなるんでしょうか（笑）。裏話をすると、初稿の原稿をあげた時に、後ろの「感想戦」は付いていなかったんですよ。編集者から「まさかここで終わらせるつもりですか！」と詰められまして、「じゃあ、ちょっと続きを考えます」と言って生まれたのが、二つの「感想戦」なんです。編集者は本編の続きを書くと思っていた気がするんですが、僕はニコライと対峙した女の子たちがどう考えていたのかを知りたいなと思ったんですよね。そうしたら最後で自分でも思いも寄らない展開が勃発してしまい、いったいどうなっちゃうんだろう、と。この続きがどうなるのかは正直、書いてみなければ分からないですね。

杉田 書いていただきたいです。ぜひ！

柴崎 今、強烈な原稿依頼を頂いちゃいました（笑）。でも、「その後」を僕自身も知りたいので……頑張ります。

杉田 陽平

すぎた・ようへい

画家・現代アーティスト。1983年10月28日三重県津市生まれ。武蔵野美術大学造形学部油絵科卒業。第17回岡本太郎現代美術賞特別賞受賞 ほか多数受賞。Amazon Prime Video『バチェロレッテ・ジャパン』をはじめ、BSフジ『ブレイク前夜～次世代の芸術家たち～』などメディアに多数出演。アート界の革命児として注目を集め続けている。

杉田陽平 オフィシャルサイト
https://yoheisugita.com/

柴崎竜人（しばざき・りゅうと）

1976年東京都生まれ。慶應義塾大学経済学部卒。東京三菱銀行退行後、バーテンダー、香水プランナーなどを経て、小説「シャンペイン・キャデラック」で三田文學新人賞を受賞し作家デビュー。映画「未来予想図〜ア・イ・シ・テ・ルのサイン〜」、ドラマ「レンアイカンソク」など脚本も多数手掛ける。著書に「三軒茶屋星座館」シリーズなど。

Twitter:
@ryuto_shibazaki

Instagram:
@ryuto_shibazaki

恋《こい》侍《ざむらい》 ―中目黒《なかめぐろ》世直《よなお》し編《へん》―

第一刷発行　二〇二一年十一月十五日

著者　柴崎竜人《しばざきりゅうと》

発行者　鈴木章一

発行所　株式会社　講談社

〒112-8001　東京都文京区音羽二―一二―二一

電話　出版　〇三―五三九五―三五〇五

販売　〇三―五三九五―五八一七

業務　〇三―五三九五―三六一五

本文データ制作　講談社デジタル製作

印刷所　豊国印刷株式会社

製本所　株式会社国宝社

定価はカバーに表示してあります。

Printed in Japan　ISBN978-4-06-525742-5

N.D.C. 913　302p　17cm

KODANSHA